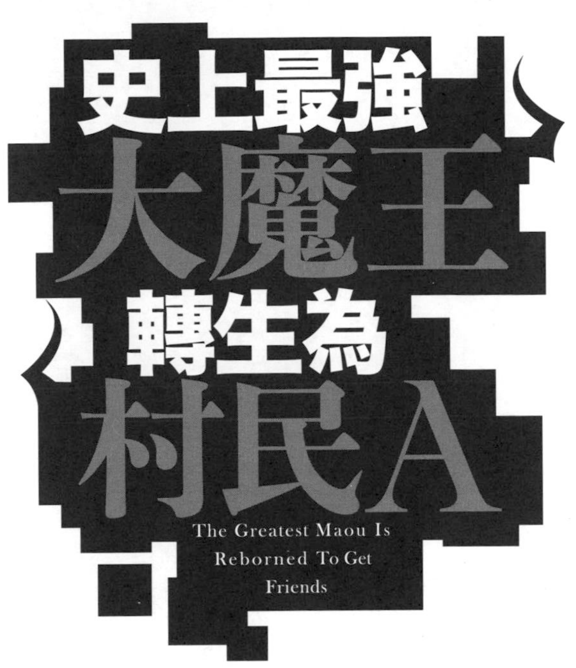

3

大英雄的悲歌

下等妙人

Illustration ＝水野早桜

Kadokawa Fantastic Novels

CONTENTS

The Greatest Maou Is Reborned To Get Friends
Presented by Myojin Katou
and Sao Mizuno

第三十八話　前「魔王」，正要展開教育旅行……沒想到

晴朗的蒼穹下，太陽將大地照得閃閃發光。

夏天的尾聲漸漸走近的拉維爾魔導帝國一處鄉間。

馬車車隊以相等的間隔行進，在大道刻下平穩的步調。周遭是一片恬靜的光景……車內也充滿了和這幅光景十分搭調的融洽說話聲。

「啊啊！又是狂龍王的牌！奧莉維亞妳給我等一下！妳應該沒作弊吧！」

「哼，蠢材，不要自己玩不好就怪別人。」

「不過玩抽龍(抽鬼牌)也玩膩了呢。」

「接下來我們就玩玩紙牌以外的遊戲吧。畢竟離要去的地方還很遠。」

同車的人有奧莉維亞、席爾菲、吉妮，以及我們的伊莉娜小妹妹。

她們很要好地玩著卡片遊戲。

只是話說回來，雖說艾爾札德在這個時代是惡名昭彰的反派，但真沒想到在紙牌遊戲裡，也是被當反派看待。

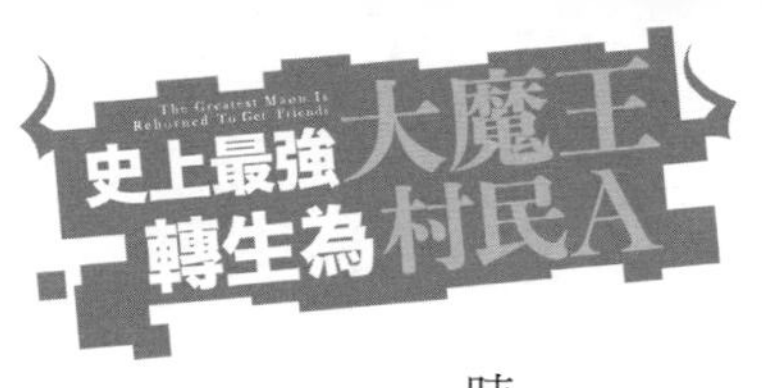

雖然曾經為敵，但弄到這個地步，就讓我愈來愈同情她。

……不管怎麼說……

我們現在正為了進行教育旅行，而搭馬車前往當地。

說到教育旅行，就不由得會觸動我前世的記憶。

我被稱為「魔王」的那個時候，曾經隱姓埋名，去上平民上的學校，而那兒也有類似教育旅行的活動。

講到教育旅行，總會讓人期待能和朋友一起創造美好的回憶，或是與異性展開健全的情史。當然當時的我也非常期待。

我非常期待的結果，卻是淪為獨自度過。

原因多半就在於，我為了交到能在教育旅行一起玩個痛快的朋友，事前努力過了頭。

我的努力完全落了空，讓我沒能成為班上的開心果，反而受到排擠。

「你待著就讓人很悶。」這是當時班上核心人物麥克對我這個人做出的評語。想來那個時候的我，一定有夠煩人吧。

因此，整趟教育旅行裡，我沒有一丁點好的回憶，光回想都覺得……

「怪、怪了。亞德，你怎麼啦？你眼淚都要流出來了……」

「請不要在意。只是，沒錯……有時候，我也會受不了太陽的耀眼。」

麥克就是個太陽般的人物，總是處在班上的正中心。

教育旅行過程中也是這樣。相較之下，我……

不，別再回想了。

人不應該困在過去。正視當下，好好活下去，才是最重要的。

過去的我，孤獨得選擇死亡，但現在呢？

「亞德、亞德，關於這次旅行，聽說旅館附近有海岸。自由活動的時間，要不要一起游泳？我為了這一刻，準備了很厲害的泳裝♡」

吉妮彎腰靠向我，像是要誇示她豐滿的胸部。

「那~我也一起游！我正好想請亞德教我游泳！」

坐在一旁的伊莉娜小妹妹，則把自己的胸部擠上我的手臂，威嚇似的瞪著吉妮。就像不想被別人搶走主人的狗狗，真的好可愛。

「真、真沒辦法！那我也陪你們！」

席爾菲雪白的臉頰微微泛紅，跟著大喊。坦白說，這丫頭一跟來，事情多半就會很麻煩，所以我是希望她別來……

「哼。游泳是吧。」

奧莉維亞思索著似的仰望車蓬頂。妳可絕對別跟來啊。我可是說絕對。

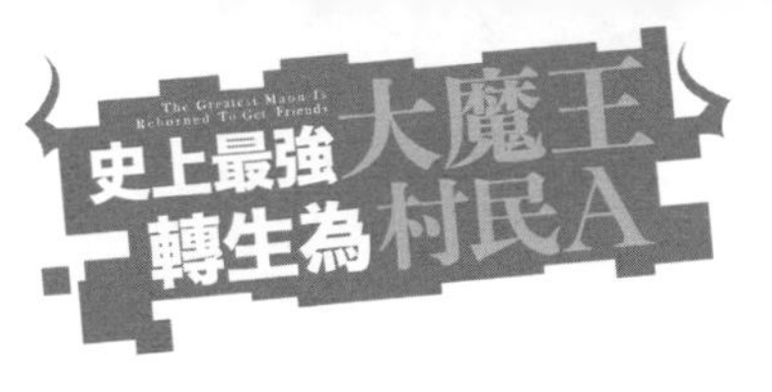

……不過，與前世相比，我身邊也變得熱鬧多了。

雖然之前發生了很多事，但我現在非常幸福。

我由衷盼望，時間能夠就這麼太平無事地度過。

……結果就在我想到這裡的時候——

「要去透透氣是沒關係，但可別忘了這是課程的一環——」

奧莉維亞說到一半，就住了口。

是有了什麼事情讓她在意嗎？我看看她的臉。

下一瞬間，我一頭霧水。因為奧莉維亞張著嘴，一動也不動。

「……奧莉維亞大人？請問您怎麼了？」

我試著詢問，但她不回答。

就像時間停住了一樣，讓我愈想愈是不解。

……不對，慢著。

我不經意地朝席爾菲臉上一看，心中的不解轉變為戒心。

「等、等等，席爾菲？喂～」

伊莉娜伸手在她面前晃了晃……但她沒有任何反應。

席爾菲也像奧莉維亞一樣，連眼睛也不眨，定在原地不動。

沒錯，就像時間被停住。

「馬、馬車也怪怪的喔……！」

聽到吉妮顫抖的說話聲，我看向窗外。直到先前都還以緩慢但穩健的步調行進的馬車，似乎也停下了動作。

面對這樣的異常事態，我發出尖銳的呼喝聲。

「伊莉娜小姐、吉妮同學，請小心。這多半是『魔族』的——」

「襲擊」兩字正要出口。

我的意識毫無前兆地陷入黑暗，接著——

一會兒後，我站在一個伸手不見五指的空間。

「這、這裡是怎樣……？」

「不、不用怕……！只、只要有亞德在……！」

在場的不是只有我一個人。伊莉娜與吉妮就近在我身邊。

或許都是出於對異常事態的恐懼，只見她們頻頻發抖。為了鼓舞她們兩人，我想找些話來說，然而……

「歡……迎……被選上……的……人們啊……」

寂靜中，聽見了稚嫩的說話聲。

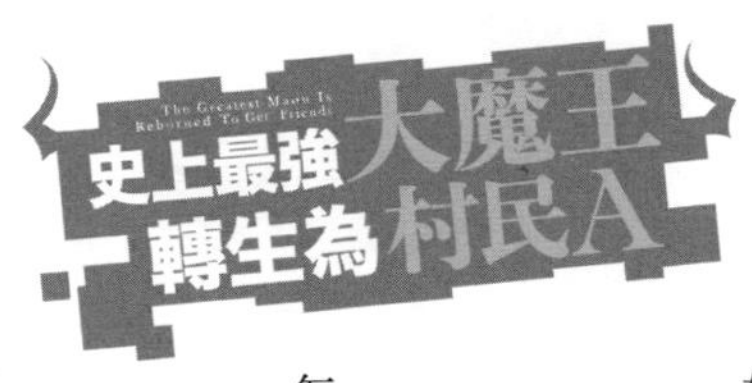

我們同時猛然看了過去。

如同預料，看到一個小孩站在那兒。

年紀大概在十歲上下吧。留到肩膀的淡藍色頭髮，以及光鮮亮麗的裝束，都令人印象深刻。或許是因為幼小，容貌顯得中性，分不出是男是女。

他的外表是可愛的幼童，即使如此……其本質只覺得是其他事物。

「你是『魔族』嗎？」

相對於我這麼問，小孩則對我看也不看一眼，僅用像是很睏地瞇起的眼眸注視著虛空，這麼回答我：

「人……稱未知之物……為魔……若從這個角度來看，我也許……是『魔族』。但……如果著眼於……本質……我……不是『魔族』。」

「那你說你是什麼人？」

「如果，換成你們的言語……來形容……神這個字眼……也許最合適。」

神——這句話讓我們都露出了同樣的表情，也就是困惑。

神。他說他是神？……換做是平常，我根本不會把這句話當一回事。然而，從現狀看來，怎麼想都不覺得這句話會是毫無根據的空話。雖然我也無法因此就全面置信。

「……也好，就先這麼說。至少你不是『魔族』，現在就當作是這麼回事吧……那麼，你要我們怎麼樣？」

對於這個問題，自稱是神的小孩，用與先前同樣平淡的語調，看也不看這邊一眼地回答：

「世界是無數的……未來、過去，都會無限反覆分裂……可是……如果發生了『歧異點』，那又……另當別論。」

「……請問……」

「超越定律……改變世界……其結果，創造出來的會是……混沌，還是光明。」

「你先等等。」

「過去的時光……不會回來……這是……定律……然而，那個歧異點……想推翻這個定律。」

「不好意思，可以請你解釋得讓我們也聽得懂嗎？你的語調實在太詩意——」

「我要你們……消滅……歧異點……與『魔王』的邂逅……將會大大震撼你的世界……會有一方……消失……我期盼……留下的是你……」

「不，請你好好聽人說話——」

我皺起眉頭訴說，但這個自稱是神的小孩，似乎徹底不打算聽別人說話。

「那麼……三位……慢走……」

他打斷我說話，單方面說完這句話。

接著，自稱神的小孩仍然面無表情，有氣無力地一揮手，結果——

視野又一瞬間被清一色的黑填滿。

只在轉眼之間。

我的意識迎來了再度的覺醒……同時，不解占據了我的心思。

「這……是……」

我不由得驚呼出聲。

不是只有我這樣。

「這、這狀況是怎樣啦？」

「人類這種生物，遇到太難以理解的狀況，就會覺得頭痛耶。」

伊莉娜與吉妮都流著冷汗，不安地環顧四周。

我們視野當中的光景，是夜晚的荒野。

被月光照亮的荒野上，到處有著很大的坑洞……

這種樣貌，我很眼熟。

不，怎麼可能？

我否定了心中所產生的對現狀的答案，就在這時……

「咦！呃，不，等等…………咦！」

伊莉娜仰望著天空，用力揉著眼睛，一張嘴又開又闔。

我和吉妮也自然而然仰望夜空，結果——

這讓我不得不接受自己才剛否定掉的答案。

夜色的天頂中，高掛著兩個月亮。

這是現代世界中不可能看見的光景。因為古代發生的一件事，讓月亮只剩下一個。

那麼，為什麼我的眼睛會看到不可能出現的光景呢？答案只有一個。

看樣子……

「看樣子，我們被丟到古代世界來了啊——」

面對令人難以置信的現實，我由衷有了一個感想。

那就是——為什麼會變成這樣？

第三十九話　前「魔王」，被迫從教育旅行改為時光旅行

現代人對於古代的定義，是指從「外界神（Outer One）」——也就是現代所稱的「邪神」——來犯，到「魔王」瓦爾瓦德斯殲滅他們為止的時代。

之後的時代被稱為新世紀，一直持續至現代。

這些新世紀的歷史學家們，對於古代世界，都不約而同地這麼說。

說那是個人類史上最濃密，最充滿浪漫的時代。

「邪神」這種神祕的存在來犯，同時發生了「魔族」的概念。

由「魔王」瓦爾瓦德斯，開發出人類用的魔法。

諸多英雄們展開群雄割據的局面。人類ＶＳ「魔族」＆「邪神」。

的確，將人類歷史解剖開來一看，的確也沒有幾個時期如此重要。

……雖然對於曾在這個時代作為代表性人物活過的人而言，聽到這樣的評語，內心也有些五味雜陳。

不管怎麼說……

對於包括我在內的大多數人來說，古代是已經過去的時代，只能回顧，無法親臨。

……直到幾分鐘前，我都還這麼認為。

真沒想到，我會再度踏上古代世界的土地。

……我心中充滿了震驚。

連我都是如此，伊莉娜與吉妮果然不出所料……

「你、你說我們來到了……古代世界……？」

「再怎麼說，這也太……」

從她們的表情，看得出強烈的不解與不安。多半就是這樣的情緒，讓她們無法直視現實。在這樣的情形下，為了讓她們理解狀況而說得天花亂墜也沒有意義。

離開這裡才是現在的最優先事項。

「如果我的記憶正確，可以推測這裡是『魔王』所治理的大國瓦爾迪亞帝國的馬基納地方。雖然不清楚詳細的年分……但請妳們放心。只要有我在，就沒有危險因素。」

我光明正大地斷定，試圖帶給她們安心感，但兩人只戰戰兢兢點了點頭。

這也難怪。她們兩人精神面的問題，相信時間會解決。既然時間在流動，就說什麼也得適應才行。人類就是這樣的生物。

……應該說如果她們不能適應，我就為難了。

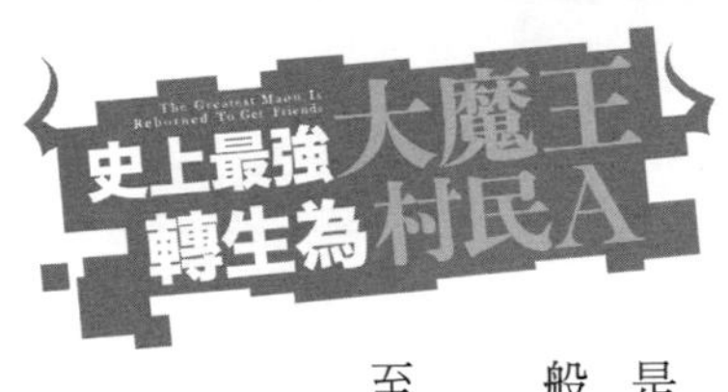

不適應，就無法生存。

我對她們兩人話說得很滿，彷彿我應付這狀況游刃有餘，但說實在，現況可說糟糕透頂。我們的所在地，多半就是位於馬基納地方的一處知名修行勝地。記得名稱叫做不歸的荒野吧。這塊土地有著許多強大的魔物棲息，會執拗地對外來者露出獠牙。

如果來的是人類，幾乎都會被魔物吃進肚子裡，再不然就是化為土地的養分。

因此這裡被稱為不歸的荒野，被當成了培育新秀戰士的最佳去處。應該說……我就是這樣用。

把這裡定為培育新秀之地的人，就是我。

所以我很清楚。很清楚對於伊莉娜與吉妮這樣的現代人而言，這塊土地只會是地獄。

「那麼關於今後的方針，總之，我們先離開這一帶再說。這塊土地上有很多魔物棲息，是個非常棘手的地方。這些魔物和野獸不一樣，不分日夜都會精力充沛地活動，所以……一般的冒險理論在這裡不管用。」

如果是只有野獸棲息的危險地帶，遇到這種狀況，就應該等到天亮。因為只要是在早晨至下午的這段時間，野生動物的威脅就會減半。

但就如同先前所說，這種理論在這個地方不管用。

因此，我們必須不分晝夜地行進，盡快離開這裡。

「從星星的位置來看……北邊是正面吧。既然這樣，我們就先往前直直走一陣子吧。只要一直往北方走，應該就可以去到城鎮。」

我笑眯眯地微笑，但兩人的表情仍然黯淡，甚至感覺得出，她們有點把現狀當成了還在作夢之類的跡象。只是話說回來，現在的狀況也不容我提及這點。我決定強硬推動話題。

「那麼，我們就先處理一下服裝吧。因為萬一遇到其他人，穿學生制服多半會讓人起疑心。」

我話剛說完，就發動了物質轉換的魔法。

伊莉娜、吉妮，以及我的正前方，都顯現出複雜的幾何紋路魔法陣。魔法陣接近並穿透全身後，我們的衣服變成了常見的皮甲。

穿成這樣，應該就會被當成外地的冒險者，不至於被懷疑吧。

於是我們要出發了。

按照古代的常識，這種時候應該要以至少達到音速程度的速度飛奔，趕快脫離這塊土地，只是……也不能指望伊莉娜與吉妮有這能耐。

與現代相比，古代世界的「魔素」濃度非常高，因此戰士與魔物的質也都完全不在同一個層次。就連這個時代最弱小的魔物，如果現代人想要討伐，多半都必須派遣大型的騎士團。

……在這樣的世界裡，現在的我有辦法保護她們兩人周全嗎？

我正懷抱著大大的不安，伊莉娜突然開了口。

「……那個孩子到底是什麼人？」

「他說自己是神對吧……」

兩人聊著聊著，表情已經變得比先前好了一些。相信她們已經確實地漸漸接受了狀況。

不管怎麼說，關於那個自稱神的人物，我也無法不納悶。

「關於那個孩子，我想現階段繼續思索也沒有意義，多半得不出正確的答案。只是……他最後所說的話值得深思呢。」

「呃，我記得……他是說歧異點怎樣怎樣，還有『魔王』怎樣怎樣是吧？」

我先對伊莉娜的話點點頭，然後說：

「我不知道歧異點這個字眼是指什麼。只是，那個自稱是神的小孩，委託我們去排除所謂的歧異點。這應該是錯不了的。想來……」

「你是要說，只要能夠解決所謂的歧異點，我們就能回到原本的時代？」

吉妮戰戰兢兢地問道，我點頭回答：

「多半會是這樣吧。因此我們的最終目標將是排除歧異點。只是，我們並未認知到這最重要的歧異點到底是什麼樣的東西。因此，我想我們現在應該以完成另一個目的為優先。」

「另一個目的？」

「是。那個自稱是神的人，還提到了跟『魔王』邂逅。我想，只要能夠謁見到『魔王』，狀況應該就會有所進展。」

「謁、謁見……『魔王』……？」

吉妮的臉僵硬得像石頭一樣。往旁一看，伊莉娜也露出了大同小異的表情。會有這樣的反應，可能也是無可厚非。對她們兩人來說，「魔王」瓦爾瓦德斯只存在於神話當中，感覺上就像是一種虛構的人物。而我們就是要去見這樣的人物，的確是很瘋狂的一件事。

……雖然她們已經實際和「魔王」本人面對面，但這就姑且不提。

「去見他是我們的第一目標，可是──」

要如何才能達成目的？

就在我正要提及這件事之際──

「唔，喔啊啊啊啊啊啊啊啊啊啊啊啊啊啊啊啊啊啊啊啊！」

一聲勇猛的呼喊撼動了耳膜。

……看樣子麻煩已經找上門來。

「總、總覺得這喊聲，挺急切的耶。」

「一定是有人被魔物攻擊了！我們得去救人才行！」

吉妮擔心受怕，伊莉娜則正好相反，美麗的臉孔顯現出了勇氣。

考慮到她們兩人的安危，丟下當事人多半才是最佳解。然而……

如果我這麼做，就會辜負她們的期望。

亞德・梅堤歐爾對她們兩人而言，必須隨時都是英雄。

「……好，我們就前往現場吧。」

我說話的同時飛奔而出，撕裂了夜色。

所幸發出呼喝的人，與我們的距離並不太遠。

呼喝者的現狀立刻映入眼簾。

「該死啊啊啊啊啊啊啊啊啊啊啊啊啊！」

發出嘶吼的人，是個年紀還小的少女。

從她和我們一樣身穿皮甲看來，多半是冒險者之類的吧。

她英勇的臉孔，已經因為疲勞與恐懼而扭曲，露出的白嫩肌膚，也幾乎都已經染上鮮血的紅色。

元凶果然是魔物，而且還是好幾隻。

看來她是遇上了魔物群。

我冷靜掌握現狀的同時……

「這、這怪物是什麼東西啊……！」

伊莉娜吐露了心中的驚愕。她身旁的吉妮則啞口無言，似乎連聲音都發不出來。

這也難怪。古代世界的魔物之強大，不是現代的魔物所能相比。

伊莉娜她們還呆站在原地，身旁的我則手按下巴思索，開口說道：

「嗯，這群怪物應該就是死亡刺針不會錯。」

「咦？那、那些東西，是死亡刺針？」

「跟、跟我知道的完全不一樣耶……」

現代人們稱為死亡刺針的魔物，全長約五十瑟齊，外型像是蠍子。威壓感相當強，不過動作極為緩慢，稱得上威脅的，也就只有尾巴尖端的毒針，以及會從那兒噴出的毒液……然而……

那是因為「魔素」濃度降低，讓這種生物極盡劣化之能事。

古代世界的死亡刺針，有著全長超過六梅利爾的巨大體型。

武器和現代的品種一樣，是毒針與毒液，然而……

「噗沙啊啊啊啊啊啊啊啊啊啊！」

一隻魔物發出怪聲，舉起尾巴，將尖端的針對準少女。

剎那間，毒針前端噴出了劇毒。

換做是現代的個體，會以適合用「噗咻」的擬聲詞來形容的模樣，噴出少許紫色的液體，然而……

古代版卻會在一陣「咕啪啊啊啊啊啊啊啊啊！」的巨響中，以超高壓噴出毒液，看上去簡直像光束。

「唔！」

少女以快得拋下聲音的速度一跳，勉強躲開了毒液。

劇毒噴了個空，沒射中少女，而是射在大地上……下一瞬間，發生了小規模的爆炸。

古代世界的劇毒，幾乎都是濺上物體就會爆炸。

之後少女也繼續和這群死亡刺針展開激戰，然而……

無論伊莉娜還是吉妮，都張大了嘴，一動也不動。

多半是看到了古代世界的標準強度，看得傻了。

這也無可奈何。光是說到以音速活動的少女與這群怪物，這句話聽在現代人耳裡，實在太荒唐無稽。

然而在我看來，只不過是已經熟悉的日常光景。

我在一種彷彿回到了老家的奇妙安心感當中，往前踏上一步。

「這樣下去她會輸吧。雖然可能是多管閒事……但還是助她一臂之力吧。」

我也想試試，現在的我，在這個時代有多少能耐。

這群死亡刺針作為測試的對象，可說十分合適。

「那麼，我先牛刀小試。」

我選擇的魔法，是雷屬性的中階攻擊魔法「閃電場界術（Lightning Field）」。是同屬中階攻擊魔法「閃電爆裂術（Lightning Blast）」的衍生種，就如名稱所示，會大範圍落下雷電，屬於壓制、殲滅用的魔法。

我無詠唱發動這個法術的同時，這些死亡刺針頭上的夜色天空當中，顯現出多個魔法陣——

黃金色的雷電隨即落到這群魔物身上。

所有雷電都精準地在魔物身上打個正著。

在我看來，這一下真的只是牛刀小試，然而……

「嗯，這可出我所料……真沒想到這麼一下子就解決了。」

這群死亡刺針受到「閃電場界術」攻擊，嗤嗤作響地冒出黑煙，沒了動靜。從這樣子看來，多半全都當場斃命了。

就在這群魔物的正中心，直到先前還一臉拚命模樣的少女，露出啞口無言的表情，喃喃說道：

「整、整群死亡刺針，一招就解決了……！」

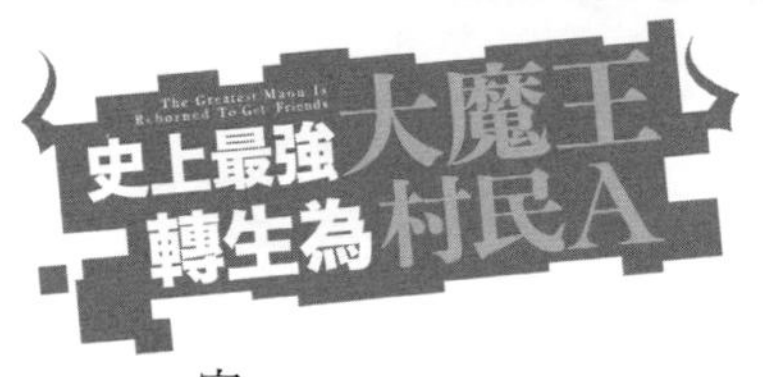

總覺得這台詞似曾相識。她這一說我才想起，第一次見到伊莉娜小妹妹的時候，情形也大同小異啊。

我一邊回想過去，一邊就要對少女說話，然而……

就在我張開嘴的瞬間──

背後突然產生一陣劇烈的壓力。

這個感覺，難道是……

我腦海中浮現出一個人物的臉孔，冒出了冷汗。

而當我戰戰兢兢地轉身看去。

「哼，你這傢伙，相當有本事啊。」

站在夜色中的果然就是……

四天王之一，我的老姊──

奧莉維亞・維爾・懷恩。

「「「奧、奧莉維亞大人！」」」

三人份的喊聲交疊。是伊莉娜、吉妮，以及剛才我所救的少女所發。

想來少女多半是奧莉維亞的徒兒之類的人，因此，對出現的奧莉維亞這樣叫，沒有任何突兀之處。然而……對「這個」奧莉維亞而言，聽伊莉娜與吉妮當成熟人似的叫出她的名字，肯定會覺得狐疑。

她皺起眉頭，雙手抱胸，對伊莉娜與吉妮投以尖銳的視線。

「……我不認識妳們，為什麼妳們用這樣的眼神看我？」

相信伊莉娜與吉妮的視線中，蘊含了確切的親愛之情。

然而，這種感情對這個奧莉維亞當然不管用。

因為她和我們所認識的那個現代的奧莉維亞，不是同一個人。

她的外表也在在顯露出這個事實。

現代的奧莉維亞，始終穿著為了方便活動而大膽改造過的教職員制服，但這個奧莉維亞，則是一身極為輕便的黑色裝束。

而且比現代的她要年輕了些，散發出來的氣息，也讓人覺得有些倔強與不成熟。

一頭亮麗的黑髮也和現代不同，是綁成馬尾，就像在強調自己的年輕。

「呃、呃，這個……」

「我、我們是……這個……」

兩人都以五味雜陳的表情，冒著冷汗。

她們的心情我很能體會。本來還以為和熟人重逢，沒想到雖然是同一人物，卻又不是同一個人……遇到這樣的體驗，會一頭霧水也是當然。

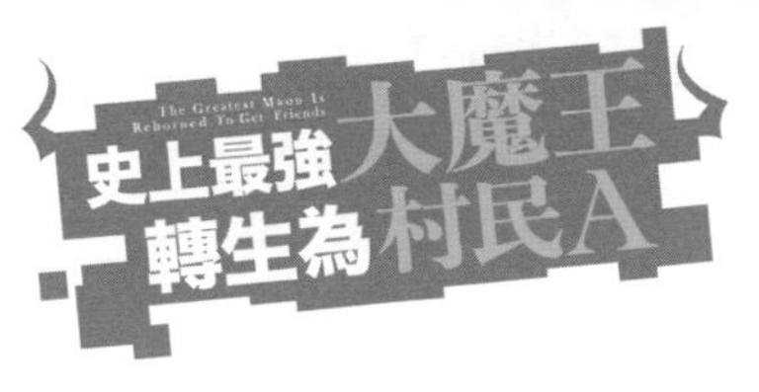

我也覺得有些不解。然而，我不能表現出來。

我要一副不為所動的模樣。我必須一直是她們兩人的精神支柱，不能讓她們看到我動搖的樣子。

而且……維持泰然自若的樣子，不只是為了她們兩人好，同時也是「為了今後好」。

「奧莉維亞大人，非常抱歉。她們兩人對您的大名滿懷羨慕與憧憬，因此會不由自主地表達出過剩的親密。還請您海涵。」

「……哦？」

她短短應了一聲，緊接著——

奧莉維亞全身迸發出遠非先前所能相比的鬥氣。

大氣受到撼動。皮膚開始發麻。

「嗚，啊……」

最先坐倒的是吉妮。接著伊莉娜與少女也依序坐倒在地。

三人都是連聲音也發不出，就只是看著奧莉維亞。

模樣就像被絕對壓倒性的掠食者瞪視的可憐小動物。

如果換做是現代的奧莉維亞，我多半也應該演一場戲，學著她們被震懾住。

然而，佇立在我眼前的是古代的她。既然如此，我該做的選擇就只有一個。

「不愧是四天王之一，看來您只靠殺氣都能夠殺敵。」

「……你不為所動？」

「是。這種程度還不至於。」

「看來你對自己的實力很有自信啊。」

「哪裡哪裡……只是，我不曾定義自己為凡夫俗子。」

「嗚……」

我老神在在地說著……奧莉維亞迸發出的氣魄變得更強。

看來她們終究承受不住。吉妮等三人一起昏了過去。

相對的，我仍維持一臉不在乎的表情，甚至露出微笑。

我的這種態度，似乎讓奧莉維亞得出了我希望她得出的結論。

「……你叫什麼名字。」

「我叫亞德．梅堤歐爾。」

「是嗎？那麼，亞德．梅堤歐爾。」

奧莉維亞用犀利的眼睛看著我，簡短地說了一句：

「加入我軍。」

聽見她提出的要求，讓我暗自竊笑。

真沒想到事情會這樣發展啊。一切實在太合我的需要，讓我愈來愈想笑。

我拚命忍住笑意回答：

「得令。從今天起，我的人生就為了陛下而活。」

我回以一鞠躬，奧莉維亞就撤去殺氣，點了點頭。

然而──

「然而，奧莉維亞大人，關於此次任官，我要提出兩個條件。」

我立刻說出的這句話，讓奧莉維亞再度發出危險的氣息。

「……你這傢伙似乎膽大包天啊。」

「是。您不就喜歡我這樣的人嗎？」

我擺出有禮無體的態度，但相信奧莉維亞並不放在心上，我看她反而心情人好。

證據就是她那獸人族特有的耳朵與尾巴，都在慢慢擺動。

她表情嚴峻，但這樣很好。以她而言，要是露出笑容，反而才不妙。

我跟這個老姊，已經來往了將近一千年。要如何才能討她歡心，我自認比任何人都清楚。

因此──

「也好，你說說看。」

我相信她一定會答應我的要求。

至於我提出的兩個條件……首先，第一個條件就是准許伊莉娜與吉妮加入。

「……這兩個人馬上就會死，這樣也無所謂嗎？」

「不會。不會有這種事。因為我一定會保護她們周全。」

奧莉維亞哼了一聲，要我說下去。

「第二個條件就是……希望把我們分發到維達大人的直屬部隊。」

「你說什麼？」

奧莉維亞發出不解的聲音。她不改雙手抱胸的姿勢，以像是看著無法理解的事物時會有的眼神看過來。

「你知道自己說的話代表著什麼嗎？」

「是，當然理解。」

「……有你這種戰鬥能力的人，卻想在後方支援？」

「畢竟我沒有野心。而且，別看我這樣，我的志向是未來要成為魔法學者。我希望不是用武力，而是以智謀為陛下效命。」

奧莉維亞皺起眉頭，沉吟良久……妳的心情我懂，我瞭如指掌啊。

換做是我聽到有人說想在維達手下效命，我也會懷疑這傢伙是不是瘋了。但極為諷刺的是，待在那個維達麾下，才是最能夠確保安全的選擇。

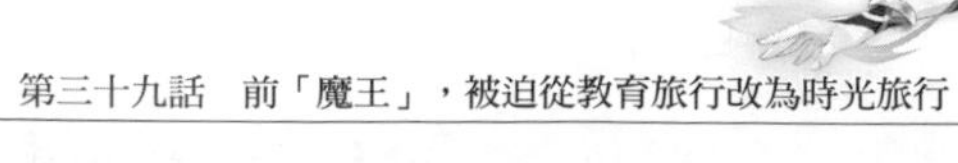

不然我死也不想在那個維達麾下任官。

「……唉，也好。我就用我的權限，讓你們調到她的直屬部隊。」

奧莉維亞美麗的臉上透出了疑惑，但似乎還是想開了。

該怎麼說，事情的發展還真合我意……照這樣下去，說不定……

「對了，奧莉維亞大人。如果您看好我……我還有一件事想拜託您。」

「事到如今你還有要求？……也罷，你說說看。」

她的表情不高興，但這反而是好的跡象。

照這樣看來，說不定能跳過好幾個本來預想的階段……？

我懷著樂觀的期望，說出要求：

「可以請您為我安排謁見陛下嗎？」

這一瞬間——

「說說你這麼要求的意圖。」

她的聲調很冷靜，然而——

她的臉上有了笑容，全身發出了不是先前所能相比的威壓感。

看到她這明顯的抗拒反應，我暗自咂嘴。

我的確是有料到，她做出這種反應的可能性很高。

從奧莉維亞的打扮來推測，我們來到的這個時代，應該是我開始被稱為「魔王」還沒過多久的時期。

當時接連發生了很多麻煩事，我和奧莉維亞的戒心都變得很重。

因此，即使揭曉我們的來歷，要求他們協助，他們也不會相信。

我做出這樣的結論後，說出了對奧莉維亞提問的回答：

「我沒有特別的意圖。就只是……如果有幸拜見敬愛的陛下龍顏，將是無上的榮譽與幸福。就只是如此。」

「……想見他，就好好活躍，然後贏得信任吧。」

果然只有這條路啊。

要待在維達麾下，確保安全之餘，想辦法立功，適度地出點風頭。

要見到「魔王」，也就是這個時代的我，多半就只有這個方法。

我一邊盤算今後，一邊小小嘆了一口氣。

第四十話　前「魔王」與心情複雜的重逢

後來——

我叫醒昏過去的伊莉娜等人，和奧莉維亞一起開始移動。

路途簡直是悠遊自在。畢竟有全盛期的奧莉維亞跟我們一起。無論有著什麼樣的魔物來襲，都不構成任何威脅。

「咦？不、不知不覺間，魔物都倒下了……？」

「到、到底是什麼情形……？」

伊莉娜與吉妮似乎完全無法理解。

雖然奧莉維亞持續做的事情，非常單純明快。

也就是超高速的拔刀斬。迅速拔刀揮出，產生真空波，將目標一刀兩斷。就只是如此。

然而對她們兩人而言，奧莉維亞的動作實在太快，她們多半只看見接近過來的魔物紛紛自行倒地。

而我也是一個鬆懈，有時候就會認知不到她的動作。

該說全盛期的老姊真不是蓋的嗎？

好了，走過這段安全到了極點的路途，最後我們抵達了目的地。

前線都市乙太。

就如名稱所示，這裡是座落於前線的大型都市，同時也是不折不扣的堡壘都市。

不同於現代，古代世界是個對戰事習以為常的時代，所有都市都有著堅固的城牆保護，然而……這乙太所設的城牆，乃是由治理這一帶的領主，同時也是不世出的天才魔法學者維達所設計。因此堅固的程度達到全國頂尖。

有著這種最極致堅固的城牆保護的城市，樣貌當然也與現代的都市大相逕庭。

「該、該怎麼說……」

「我們真的被丟到古代世界來了呢……」

進了城門後，兩人一邊看著都市內的景觀，一邊小聲談話。

或許是因為完全接受了現實，兩人都一副不想領教的模樣。

在她們視線前方的，是洋溢活力的古代人和成群的建築物。

人們的面孔和現代沒有多少差別，種族數也沒有什麼不同。

和現在一樣，人族占了人口的大多數，而且像伊莉娜這樣的精靈族，和吉妮這樣的魅魔

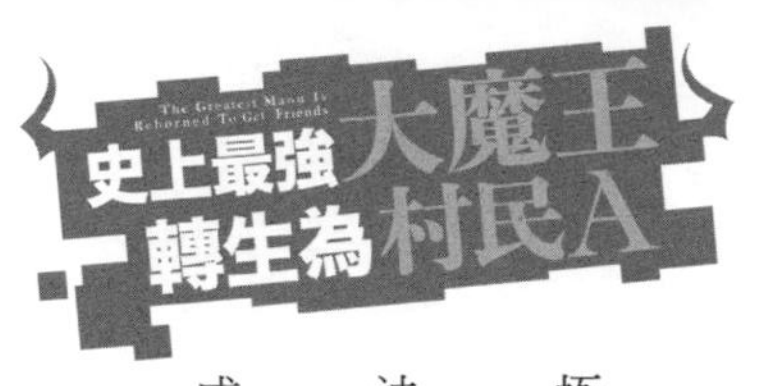

族，在這個時代也一樣是少數種族。

然而，服裝卻和現代大不相同。

現代的市民所穿的衣服，幾乎都是用由化學纖維等材質構成的柔順布料所製成。但古代基本上都是麻布。

款式也很單純，都像是用一條布裹住全身……

一旦知道現代的樣貌，說什麼也很難覺得這樣的穿著很文明。無論是男是女，衣著的暴露度都很高，實實在在給人一種未開化蠻族的印象。

建築物也是一樣，和現代那種美麗又經過縝密計算的設計差了一大截。

「總、總覺得，就好像只是把積木堆起來呢。」

「不知道是怎麼建造的……？」

伊莉娜說得沒錯，這個時代的建築物，基本上都只是用方形的大型石材堆砌而成，設計極為儉樸。雖然有著部分例外，但可以斷定庶民的住宅理應都是如此。

建造的方式極為單純。先用物質轉換的魔法，把泥土變成大塊石材，然後以建築用的魔法組成想要的形狀。就只是這樣。

這樣的魔法，在現代已經被列為不可能技術（Lost Skill）之一，但在古代則是簡單至極的魔法，所有成年人都會用。

也因為有這樣的情形，這個時代並不存在建築家這個職業。

「……妳們在嘀咕什麼？趕快走了。」

「啊，好、好的！」

「對、對不起，奧莉維亞大人！」

看到奧莉維亞大刺刺往前走，伊莉娜與吉妮趕緊跟上。

她們還真畏畏縮縮啊。看來古代與現代在人際關係上也有差異啊。對我來說，這個奧莉維亞相處起來比較不用費心，非常輕鬆……但對伊莉娜與吉妮來說，多半還是會想念那個很為學生著想、很和善的奧莉維亞吧。

不過呢……

「喂，銀頭髮的，不要東張西望。一旦被當成鄉巴佬，就會遭扒手啊。」

「好、好的！」

「喂，粉紅色的，不要低頭走路。會不安就乖乖依靠同伴。」

「好、好好好、好的！」

其實這個奧莉維亞的本性也沒有兩樣。實際上她是個很喜歡小孩、很愛照顧人、很善良的老姊。

在這樣的她，以及她的徒弟帶領下——

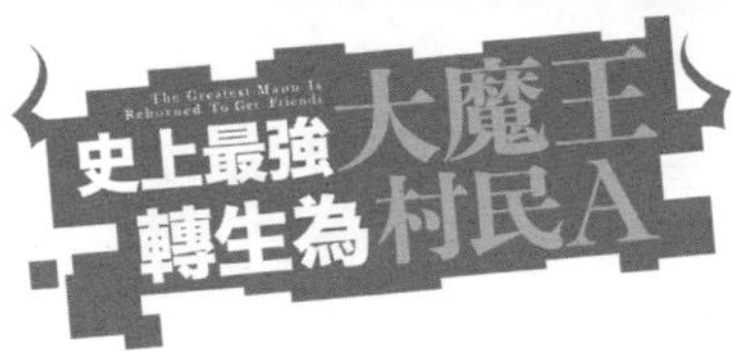

我們抵達了最終目的地，也就是維達的住宅兼研究所前方。

由於是名列國家最高層的研究人員所住的地方，占地面積極廣。

至於保護維達這塊個人領域的門……卻連一個衛兵都沒有。

牢牢閉上的門，在我們接近的瞬間反而自動開啟。

這個出入口，充分體現出維達來者不拒的精神。

「……我只能帶你們到這裡，之後的事你們自己想辦法。我得回自己領地，重新鍛鍊這丫頭（徒弟）才行。」

奧莉維亞說得冷漠，但接著立刻又說：

「一見到她，就馬上拿我寫的介紹信給她看。這樣她應該就不會太亂來。聽好了，一開始就要拿出介紹信給她看，知道了吧？」

她多半是為我們擔心，臨走前還一再叮嚀。我們對這個體貼的老姊道謝後，她顯得有點不安，但仍穩穩點了點頭，和徒弟一起離開了。

伊莉娜與吉妮目送她的背影離開後，再度面向門，喃喃說道：

「……不知道維達大人是什麼樣的人？」

「在英雄譚裡的形象，是個非常正經、有工匠氣質的人物，可是……實際的她，一定不是這樣吧……」

對，妳猜得對。我想她絕對不是妳們所想像的那種人物。

現代流傳的維達人物形象，大致上都是「天才魔法學者」或「在幕後支持魔王軍的功臣」，給人的印象多半不太起眼。

另外，聽說成了全世界暢銷書那種以「魔王」為主角的英雄譚裡，則將她描寫為「極為神經質但基本上是個老好人的老學者」。

說她是個對學問充滿熱情，對「魔王」十分忠誠，為了世界和平而鑽研魔道的崇高學者。後世對維達這個人物的認知，差不多都是這樣……但看在認識她的人眼裡，就會想對最先塑造出這種形象的人，大聲說一句話。

說你這蠢材不要鬧了。

「……杵在原地也不是辦法。兩位，我們這就進去了。」

聽到我這麼說，她們大概是因為緊張，冒出了冷汗，但仍點了點頭。

我也是一樣的心情。如果可以，我真不想再次見到她。

但極為遺憾的是，賴在維達身邊才是最安全的。

畢竟她所率領的軍隊，基本上都負責包辦後方支援的任務。不，應該說他們只能在後方支援。構成她部隊的人員，大部分都是學者，也是研究人員，並不適合動粗，所以主要是讓他們在兵站值勤或從事醫療工作。

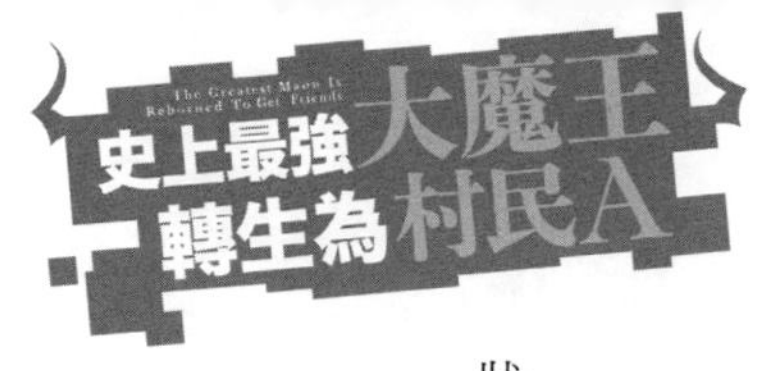

維達的部隊是全軍死亡率最低的部隊。相對的，一旦加入奧莉維亞的部隊……無論伊莉娜與吉妮多麼努力，終究也撐不了一個月。

另外，維達是個被譽為有神級頭腦的天才。搞不好她會知道我們想知道的情報……尤其是關於那個自稱的神，說不定她也會知道。

所以，我才會選擇找上維達。儘管我由衷不想找她。真的是死都不想找她。

我非常非常、極為遺憾，但還是不得不選擇維達。

「……妳們兩個聽好了，妳們要在腦子裡想像出最荒唐無稽的人物。雖然實際上應該比妳們的想像更糟糕……但總是比不做任何準備要好。」

如果不做任何心理準備就去和她接觸，從各種角度來看都太令人痛苦。

我是知情才會給出這樣的建議，但她們兩人似乎聽不懂。

感覺像是一頭霧水地應聲說好。

我帶著這樣的伊莉娜與吉妮進了門，走進庭院。寬廣的土地面積正中央，有著巨大的碗狀建築物……上面寫著「米最棒了！」。

光到這一步，我就已經很受不了。如果可以，真想去別的地方。

我勉強忍著胃痛，一路往前走。

一步，兩步，三步。每走一步，都冒出更多冷汗。

接著，就在我們來到了她的住宅兼研究所門前時——

轟～～～～～～～～～～～～～！

毫無預兆，眼前這棟奇特的建築物，在大爆炸中炸得粉碎。

「「咦！」」

大概是腦子跟不上太快的事態轉變吧，伊莉娜與吉妮都張大了嘴，連連眨眼。

……妳們兩個太天真了，地獄才剛開始呢。

沒錯，維達地獄才剛開始。

我皺起眉頭，吞了吞口水。

結果下一瞬間，堆成一座小山的無數斷垣殘壁當中，有一部分突然噴開。

一個滿身煤灰的少女站了起來。

「大～成～功～！我真有一套！這次的實驗也很完美！」

她仰望天空，朝著晴朗的蒼穹嘶吼。

這模樣該怎麼形容呢？實在是不可思議的結晶。

年齡看起來比我們小得多，甚至可說是小孩。

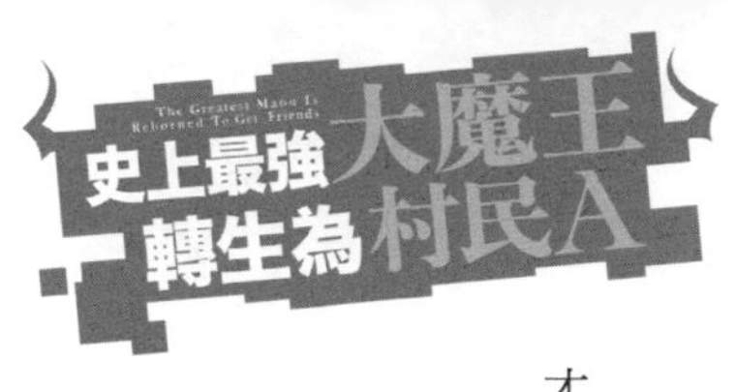

極為嬌小的身上，穿著象徵學者身分的白外套。

容貌極其惹人憐愛。

亮麗的黃金色頭髮，在兩側綁成雙馬尾。

如果只看外表，實在是個非常可愛的少女，然而……

伊莉娜戰戰兢兢地朝這樣的她走近，對她說：

「妳、妳是維達大人的女兒嗎？還是說是她的孫女？」

「嗯嗯？」

少女動著大大的眼睛，維持仰望天空的姿勢，看著伊莉娜。

「哎唷哎唷？真是個可愛的客人。找我有什麼事？」

「不，這個……我們是有事情要找維達大人……她是不是不在家呢？」

「是喔～好稀奇喔，竟然有客人要找。來來來，請進請進……等等，我都忘了房子剛剛才炸掉！太粗心啦我！」

她不改朝天的姿勢吐出舌頭，閉上一隻眼睛拍了拍腦袋。

看到少女這樣，這次換吉妮困惑地問起：

「請、請問，這樣沒問題嗎？整棟房子弄成這樣。維達大人會不會生氣……」

「嗯嗯～？這種事情是家常便飯，不生氣不生氣！反而情緒高漲到極限！畢竟我的天才又大爆發了！在物理上也爆發了！開玩笑的！呀哈哈哈哈！」

也不知道到底什麼事情那麼好笑，只見她捧腹大笑……而且仍然維持朝天的姿勢。

伊莉娜大概是對這樣的少女不耐煩了吧。

「總、總之！既然維達大人在家，我想請妳去叫她來！」

她以略顯粗魯的語氣這麼說完，對方才總算不再仰望天空，好好看著伊莉娜。

然後她可愛地歪了歪頭。

「要找維達，人不就在妳眼前嗎？」

「「……啥？」」

伊莉娜與吉妮不約而同地發出這麼一聲。她們臉上明確地貼上了「妳在說什麼鬼話？」這樣的情緒。

我明白，我都明白。妳們兩個的心情，我深深明白。

可是啊，這就是現實。

然而伊莉娜似乎還無法完全接受這個事實。

「不是，我跟妳說，大姊姊是想請妳找維達大人來。」

聽到她冒著冷汗這麼說，與她正對的少女露出有點不高興的表情，用力揮舞雙手……

然後高聲呼喊：

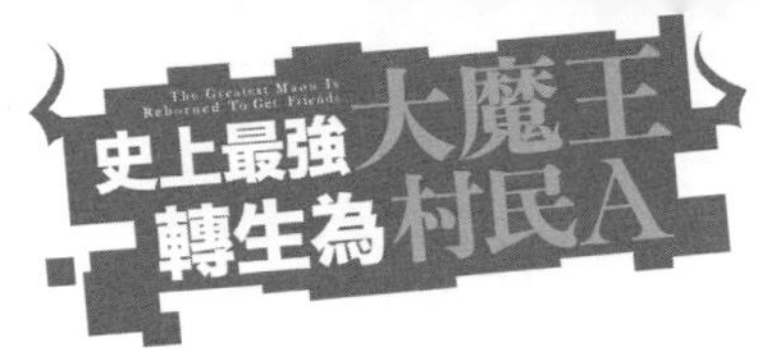

「就～跟～妳～說～！維～達～就～是～我～！我＝維達！我＝天才美少女魔法學者！懂了嗎！」

少女……更正，是維達，以和她外貌很搭調的可愛但不高興的表情呼喊。

看到她這樣，不論伊莉娜、吉妮，還是我……

都只能以沉默來回應。

……神級的頭腦。終極的智慧。史上最顛峰的學者。

在評論四天王之一的維達．阿爾．哈薩德這個人時，人們大致上都會用到這些冠冕堂皇的詞彙。

而她的才智，也的確配得上這些光鮮亮麗的辭句，然而……

「真的是喔！有～夠失禮耶！爸媽沒教過妳們說人不可貌相嗎？」

從她氣呼呼的可愛模樣，多半終究無法想像。

說什麼也想不到，她就是四天王之一。

「不，可是，對吧……？」

「再怎麼說也太……」

伊莉娜與吉妮面面相覷，不掩飾心中的不解。

第一次看到維達的人，差不多都會這樣。在古代世界都已經是這樣，換成已經接受了錯誤人物形象的現代人，自然更不在話下。

不管怎麼說，這樣下去會沒完沒了，於是我踏上一步，對她開口——

「初次見面，我是亞——」

「哎唷哎唷！你有稀有人物的氣味耶！」

維達打斷我的招呼，眼神發亮。

她清澈的眼神閃閃發光，模樣就像個純真無垢的小孩，只是……

我非常清楚當她採取這樣的態度，下一瞬間會演變成什麼情形。

實際情形是——

「可不可以讓我解剖看看？」

維達就像想捕捉珍奇昆蟲的小孩子那樣不當一回事，朝我展開了攻擊。

沒有詠唱，也沒有魔法陣顯現。

無數半透明的刀刃，被召喚到維達周遭——

我剛認知到這個現象，大批刀刃已經劃出凶猛的軌道飛來。

換做是常人，相信難免當場愣住而晚了一步對應，結果就是被千刀萬剮。

但就如剛才所述，我非常了解她。

我早就確信她一看到我，就會察覺出一些跡象。

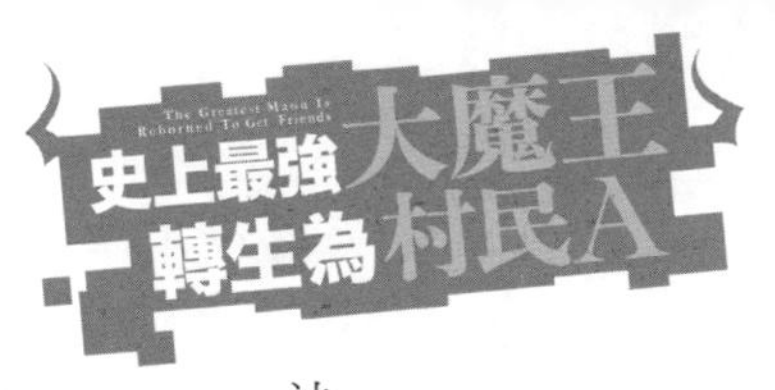

所以我的對應很迅速。

早在半透明刀刃發出之前，我就已經發動了防禦魔法。

等級當然是高階。名稱是「鉅級領域術（Giga Field）」。

以我為中心，四方顯現出魔法陣。接著有球體狀的薄膜遮住我全身。

一會兒後，刀刃直衝屏障而來。這些半透明刀刃全都像玻璃一樣碎裂，在空氣中消散。

「喔喔！好厲害好厲害！竟然完全擋下了天才魔法學者維達的原創必殺技！」

這似乎更加深了她對我的興趣。

她興奮地紅了臉，呼吸變得粗重……

「好～那接下來我就來試一下更危險的招吧！」

維達才剛說完，頭上就出現了一個全黑的洞。

這次也同樣，沒有詠唱，也沒有魔法陣。

這就是維達之所以駭人的因素之一。

她所運用的技法，是一種搞不懂是不是魔法，無法解析的技術。

我以符文言語創造出人類用的魔法，她則在這樣的基礎上，創造出了自己專用的各種無法解析的力量。這種力量帶給她的戰力無與倫比。

而且，她平常就瘋狂在製造各種強力的魔導兵器……

若把這些來路不明的力量和兵器組合起來戰鬥，相信維達能發揮連神都殺得了的實力。

正因如此，我才會不把她這個學者列在文官頂尖地位的七文君，而是列入武官頂尖地位的四天王。

「好啦，開始實驗吧！」

她閃閃發光的眼睛裡，有著濃厚的瘋狂色彩，模樣實實在在就是個變態瘋狂科學家……我們家（魔王軍）盡是一群這樣的傢伙。

我拿她沒轍地嘆了一口氣。

「我也不是沒興趣陪您玩，只是……這樣會給我的兩個同伴造成困擾。結果將會導致您惹奧莉維亞大人不高興，這樣也無所謂嗎？」

「唔咦？為什麼奧莉維亞會生氣？」

「我們打算為妳效勞，才來到這裡。是奧莉維亞大人推薦的。」

我這麼一說，維達就乖乖點了點頭說：「呿～那我就忍著。」消去了頭上的黑色孔洞。

「不過竟然有人想來為我效勞，還真是稀奇。該不會你們是我的忠實粉絲？嘎哈哈哈哈！我的時代終於來了嗎～！」

她自己覺得想通，顯得根本不需要我們的答案。

維達笑得彎了腰，讓伊莉娜與吉妮在一模一樣的時間點上，說出了一模一樣的話：

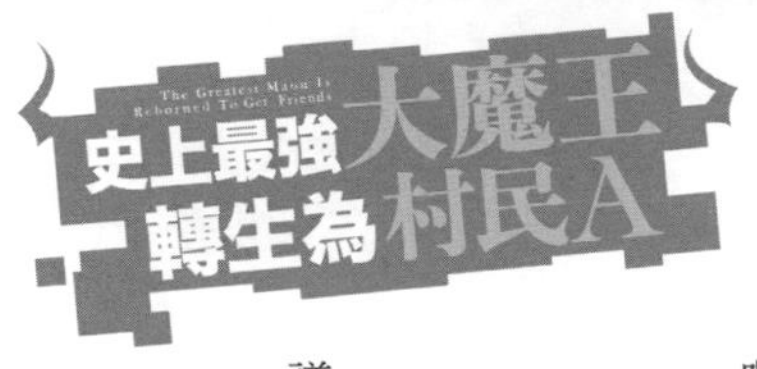

「「這孩子是怎樣回事……」」

妳們的心情我明白。我再明白不過了。

言歸正傳。

維達恢復鎮定後，先把炸得粉碎的房子恢復原狀。

這彷彿讓時間倒流的光景，果然不是以魔法造成。

「……維達大人，真的就是那孩子吧。」

「我、我到現在還不敢相信，或者應該說，是不想相信……」

伊莉娜與吉妮面面相覷，相互嘀咕。仔細想想，自從來到這裡以來，她們就一直是這樣啊。完全不像平常那樣鬥嘴，多半是連這樣的心情也沒了吧。

「好~那進來進來！我會詳細聽你們說！」

「……我們的詳細情形，就是先前所說的那樣。是奧莉維亞大人——」

「介紹你們這些在野的人來任官，對吧？可是啊，你們幾個……」

維達轉動脖子，隔著肩膀看向我們。她睜大的眼睛，有著一種彷彿看穿了一切的不可思議神色——

「不只是這樣吧？」

實際上，她的頭腦多半看穿了我們的真相。

我一邊重新對過去的部下產生敬畏的念頭，一邊和兩人跟著帶頭的維達一起走進屋子。

屋子的內部極為簡單。沒有任何多餘之處，哪兒都找不到任何珍奇的東西。

我們在這樣的屋內行進，走進了一個像是客廳的房間。

寬廣的室內放了好幾張床。

維達躺到其中一張床上後……

「你們也儘管放輕鬆！」

聽她這麼說，伊莉娜與吉妮朝我看了一眼。

多半是不知道該怎麼做才好吧。

換做是現代，這種時候應該是坐在沙發椅上，面對面談話，只是……

這個時代、這個國家，沒有沙發椅這種東西。我們用的是這樣的床。

「兩位，請妳們躺到床上。這種時候在這樣的狀態下談話，就是古代的文化。以前奧莉維亞大人的歷史課上不就學過了嗎？」

「啊，對耶，我都忘了。」

「第一次知道這件事時我也想過，這文化有點奇怪呢。為什麼這樣的風俗習慣會根深蒂固呢？」

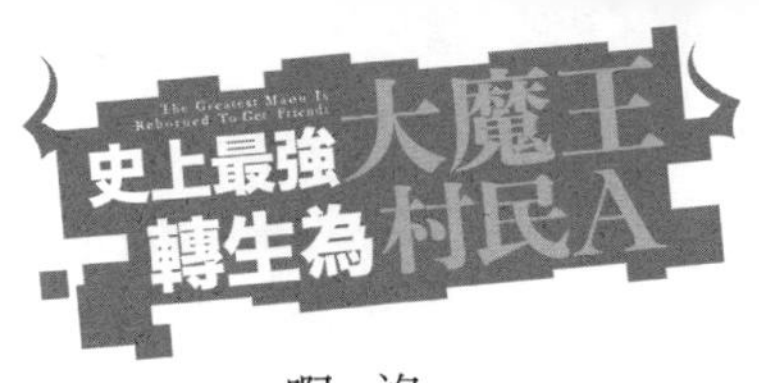

兩人躺到床上。我個人認為，會形成這樣的風俗習慣，原因在於古代人特有的豁達，但實際原因我也不清楚，也不曾特別放在心上過。

我也和她們兩人一樣躺到床上，看著維達的臉。

然後……

「我們就照您的意思，揭曉我們的來歷。」

不帶隱瞞地說出了我們來到這裡的來龍去脈。

我們是未來人。是被一個自稱神的人丟到這個時代。正在尋找回到原本時代的線索。

換做是有常識的人，多半完全不會相信這些太過荒唐無稽的事情。

然而眼前這個躺在床上，聽我說話聽得入迷的變態，是個沒有常識的瘋狂科學家。

不但不會不相信，她還聽得眼神閃閃發光。

「真的假的！真的嗎！是真的！呼喔喔喔喔喔喔喔喔喔喔喔喔喔喔喔！」

她發出怪聲，就像彈跳的魚一樣在床上蹦蹦跳跳。

「不是『外界神』也不是『舊神』的超高次元存在，我是本來就抓住了尾巴沒錯！但真沒想到會以這樣的形式證明存在！不妙啊，我愈想愈超爆興奮的啦啊啊啊啊啊啊啊啊啊啊啊啊啊啊啊！」

維達劇烈地蹦蹦跳跳，讓伊莉娜與吉妮都退避三舍。

當然我也很退避三舍。

為什麼能依靠的人就只有這丫頭呢……我嘆了一口氣，然後伊莉娜立刻用產生了問號的模樣問起：

「剛才維達大人提到『舊神』……『舊神』是什麼東西來著啊？」

我還沒回答，吉妮就得意洋洋地回答：

「所謂『舊神』就是一群神祕存在的通稱，他們支配了比古代更遙遠的過去——超古代世界。奧莉維亞大人說，他們是在『邪神』入侵這個世界時遭到殲滅……上課要認真聽講喔，伊莉娜小姐。」

吉妮以嘲笑似的語氣笑了笑，讓伊莉娜鼓起了臉頰。

看到這令人莞爾的光景，讓我微微露出苦笑。結果維達似乎恢復了鎮定，說著「啊啊～好累啊～」在床上滾來滾去。

「也好，總之情形我搞懂了。我就照你們的要求，庇護你們吧，也會幫你們想辦法回去。只是，相對的——」

想也知道她一定是打算說要我們陪她做實驗，或是偶爾讓她解剖之類的吧。為了不讓她稱心如意，我正要先發制人——

就在我開口之前。

聽見轟的一聲破壞聲。

從遠方傳來的這一聲，聽來多半是從屋外響起，然而……

可疑的聲響才剛入耳，就聽到一陣倉促的腳步聲。

腳步聲迅速接近這個房間……說來當然，我、伊莉娜與吉妮都立刻下了床，採取了警戒態勢。相對的，維達依然躺在床上，並未散發出任何緊張感。

接著下一瞬間──

「噠啦嚇啊啊啊啊啊啊啊啊啊啊啊啊！」

在這聲與鈴鐺般優美的嗓音一點也不搭調的叫聲中，門被人踹破了。

而這個粗暴的入侵者……果然是我們很熟悉的人。

「席、席爾菲……？」

伊莉娜說出了入侵者的名字。

沒錯，就是席爾菲・美爾海芬。只不過是這個時代的她。

她穿著古代的標準服裝。也就是全身只用一塊布遮住，暴露度很高的衣服。

她最好認的一頭火焰般的紅髮，比現代要短了一些，身高也矮了一點。胸部則從當時就沒什麼兩樣，一直都很小。

席爾菲對我們看也不看一眼，視線只集中在床上的維達身上，這麼呼喊：

「我找到了！我不會再讓妳給跑了，妳這笨蛋！」

「嘎哈哈哈哈。席爾菲，妳知道嗎？罵人笨蛋啊，就會變得比對方還笨得多喔～」

「咦？是、是這樣嗎？」

「噗噗～～～～！哪有可能啦～～～～！人家說什麼妳都當真！妳喔，真的是蠢到無極限呢～～～～！嘎哈哈哈哈哈哈哈哈哈！」

「唔唔唔唔唔唔……！」

維達捧腹笑到翻滾，席爾菲滿臉通紅地低吼。

看到她們兩人這樣，伊莉娜的表情顯得有點五味雜陳。

多半是和席爾菲的重逢，比和奧莉維亞重逢更讓她大受打擊。

自己當成小妹疼愛的對象，對自己不表示任何關心。她肯定是因為這樣的現狀而傷心。

我思索著有什麼話可以撫慰伊莉娜小妹妹的心靈──

才想到一半。

「啊啊，真是的！我是很想痛扁妳一頓！不過這次我就忍一忍！」

下一瞬間，席爾菲說出的話──

深深撼動我的心。

「好好教訓她吧！『莉迪姊姊』！」

她一叫到這名字，立刻就有一陣平靜的腳步聲響起。

接著一名美女走了進來。

認出她身影的同時……我的心臟猛一跳。

「…………！」

周遭的一切，都漸漸漂白成一片全白。

無論伊莉娜、吉妮、席爾菲，還是維達，所有人都從我的意識中消失，我的視野、我的世界裡，就只剩下一個女人。

「莉迪亞……！」

我是多麼盼望還能再見到她。

每次這麼盼望，又嚐到了多少的痛苦。

我一直覺得只能在回憶中見到的身影，現在就站在我眼前。

面對這樣的現實，我無法不動搖——

第四十一話　前「魔王」與傳說的「勇者」

「咦……！席爾菲叫她莉、莉迪姊姊，也就是說……？」

「她、她就是傳說中的……？」

伊莉娜與吉妮看著被踹破的門前站著的這名女子，冒出了冷汗。

她承受著兩人的視線，朝維達一瞥，輕輕呼氣，閉上眼睛。

如果要用一句話來形容她的外表……大概就是美的結晶吧。

長長的尖耳朵，顯示出她的種族是精靈族。身高是一七五瑟齊，以女子而言頗高。

結實的肢體與女性特有的隆起，只用單薄的布料遮住。

臉孔的造型彷彿全都由黃金比例構成，美麗的銀色長髮十分有特色。

她的名字叫莉迪亞——莉迪亞・畢金斯蓋特。

是名留神話的諸多英雄當中的首席，也是其中的代表性人物。

是原初的「勇者」，所有戰士的頂點。

對於被稱為「魔王」那時的我而言，這女人就是我獨一無二的好友。

這樣的莉迪亞，在下一瞬間——

她細長伶俐的眼睛猛一睜開。

「維達妳這臭丫頭！跟妳說後方支援部隊太少了，是要我講幾次才懂啦，妳這白痴！妳是不是沒把我放在眼裡啊！啊啊？」

莉迪亞吼出一大串和她的美聲很不搭調的粗話，甩動一頭銀色長髮，大刺刺逼向維達。然後強行拉起維達嬌小的身體，讓她站起來。

「給我把出擊部隊的人數加倍！不然小心我整條手臂從妳屁眼捅進去貫穿到腦袋啊，喂！」

她揪住維達的衣領，從極近距離惡狠狠地瞪著她耍狠。簡直像個街上的混混。

這種從她美麗的外表根本無從想像的粗魯，讓伊莉娜與吉妮都看得啞口無言。

「……她就是傳說中的『勇者』大人？」

「和、和英雄譚裡的形象，也差太多了吧，再怎麼說都……」

畢竟流傳到後世的莉迪亞形象，也同樣會讓人想罵說：「你這蠢材不要鬧了。」對於一直相信這種虛假形象的她們兩人來說，想必這現實非常令她們震撼。

這個叫莉迪亞的女人，絕對不是現代所流傳的那種聖人君子。

她漂亮的只有外表，內心根本是個充滿了各種齷齪慾望的小混混。

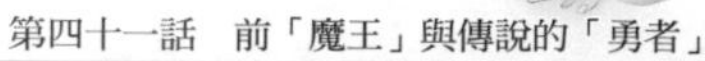

而她當席爾菲的大姊頭也不是當假的，是世界紀錄……不，是歷史紀錄級的超級大笨蛋。

……一看到這個大笨蛋的身影，我自然而然熱淚盈眶。

對喔，我真的回到過去了。

我成功回到了有莉迪亞在的世界啊。

動搖一口氣化為感動。至於莉迪亞她們這邊……

「好啦好啦，莉迪亞，妳就先冷靜點嘛。我覺得後方支援部隊的數目很恰當啊。畢竟這是我天才的頭腦得出的數字——」

「去妳的天才頭腦，妳這笨蛋小不點！前陣子的那場仗妳也說這種話，結果我軍損害超出預期，妳應該沒忘記吧！」

「超出預期？沒有沒有，根本沒有這種事情啊。我怎麼可能預判錯誤呢？要知道我可是——天☆才☆啊啊啊啊啊啊啊啊啊啊啊啊啊！嘎哈哈哈！」

維達被她揪住衣領，提得雙腳離地，但仍然哈哈大笑。

莉迪亞也不掩飾怒氣，對她大吼，猛力搖動她嬌小的身體。

而在兩者身旁的席爾菲，則得意地站在那兒……

「姊姊真有一套！就算對上那個腦袋有問題的變態，也一點都不會退縮啊！」

她的眼睛裡浮現出憧憬的光輝，對莉迪亞投以火熱的視線。

而席爾菲似乎察覺到了什麼跡象，忽然看向伊莉娜。

「……嗯？妳跟姊姊很像啊。該不會是失散的姊妹？」

席爾菲手托著下巴，湊過來看伊莉娜的臉。

「沒、沒有，我是……這個……」

多半是不知道該如何對待這個屬於過去而非現代的席爾菲吧。

伊莉娜只做得出吞吞吐吐的回答。這兩人會有這種的互動，實在非常寶貴，讓我覺得挺有意思的。

……言歸正傳。

從莉迪亞吼的內容來推敲，我們被丟過來的這個時代，似乎是在亞拉利亞平原之戰做出了結以前的時期。

這個時候，我們已經打倒了好幾尊「外界神」，處於氣勢正旺的狀態。也確保了寬廣的國土面積，成長為能夠在世界稱霸的大國，與「外界神」以及「魔族」的戰鬥，也逐漸進入最終階段……記得差不多就是這樣的時期。

這陣子的我，幾乎把所有戰事都交給了由四天王與莉迪亞所率領的勇者軍去應付，在王都專心內政。因為我軍坐擁眾多變態——更正，是眾多人才，迎來了不折不扣的黃金時代，

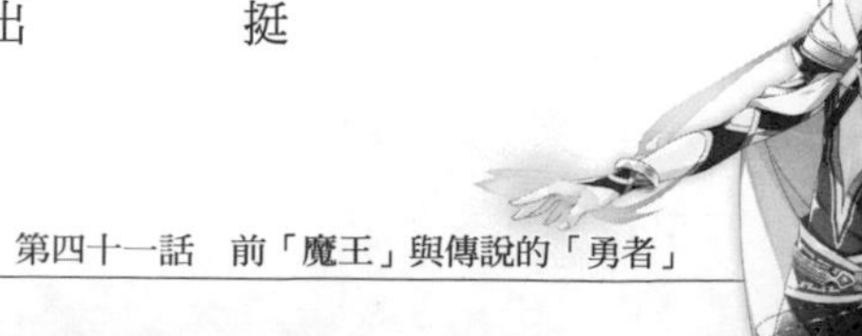

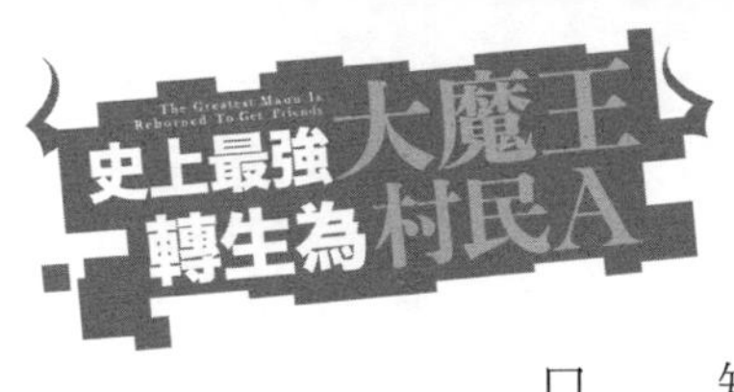

處於根本不需要我特地出馬的狀態。

處在這樣的時期，亞拉利亞平原之戰，就是個這場漫長戰爭當中，區隔中期與後期的轉捩點。

亞拉利亞平原是由「魔族」統治的廣大土地，裡頭建立了許多的堡壘與城池。

攻陷這些堡壘與城池，為統一大陸建立基礎的，就是當時莉迪亞軍與維達軍的聯軍。起初大家還以為這兩軍很不適合搭配，沒想到合作起來意外順利，最終他們花不到兩年，就平定了普遍認為攻略難度很高的亞拉利亞平原。

從莉迪亞吼的內容聽來，現在大概正進行到亞拉利亞平原之戰的中期吧。

「就～跟～妳～說～！差不多會有棘手的傢伙跑出來了妳懂不懂！我的直覺響個不停妳知道嗎！」

莉迪亞眼角上揚，吼個不停，讓維達似乎也開始累了。她嫌麻煩似的瞇起眼睛，嘆了一口氣說：

「唔～～～～那妳就帶他們三個去啊。」

她說出這種讓我忍不住「啥？」一聲叫出來的話，指向我們。

莉迪亞似乎是到這個時候，才發現我們在場。

「啥啊？」她發出粗野的聲音，只轉動脖子看向我們。

她的目光最先捕捉到的……是我。

這一瞬間，她的眼睛犀利地眯起。然而莉迪亞並未多說什麼，將視線挪到我身旁。站在那兒的是伊莉娜。

「……妳……」

莉迪亞清秀的臉孔微微一歪。這是驚愕的神情嗎？不管怎麼說，她對伊莉娜產生了強烈的情緒，這錯不了。

……只是話說回來，現在說這個有點晚，但就如先前席爾菲所說，伊莉娜與莉迪亞真的長得很像啊。我第一次遇到伊莉娜的時候，也有過這樣的念頭……

這兩個人該不會有血緣關係吧？

……不，應該不會吧。

我轉生後，立刻就認識有著莉迪亞血統的人，這未免太巧。

我正想著這樣的念頭。

莉迪亞視線又往旁一挪……就在她的目光捕捉到了吉妮的瞬間——

「唔——！喂喂喂！真的假的啊！搞什麼鬼啊我這笨蛋！竟然沒發現同一個房間裡有這種好貨！」

莉迪亞一隻手遮住自己的臉，仰天嘆了一口氣之後，拋開維達纖瘦的身體，整個人靠向吉妮。

「咦？咦？」

吉妮被她盯上，冒出大量的冷汗，一頭霧水。她滿心疑惑，朝我看了過來。她的眼神像是在問這樣的問題。

『我、我做錯了什麼事情嗎？』

……沒有，吉妮，妳什麼事都沒做啊。

沒錯，問題是出在……

她的壞毛病。

「這位小姐，請問芳名？」

莉迪亞站到吉妮身前，低頭看著她，用與先前判若兩人的禮貌口氣發問。

被她用這不分男女老幼都能俘虜的美聲詢問，吉妮臉頰飛紅，回答說：

「我、我叫吉妮。本、本次有幸拜見名滿天下的『勇者』大人，實是光榮之至……」

「哈哈哈，別弄得那麼鄭重。『在下』不是那麼了不起的人。尤其……比起像妳這樣美麗又惹人憐愛的花朵，妳說是不是？」

……啊啊，真是的，好久沒有這種感覺了。

如果可以，真想狠狠巴一下那個笨蛋（莉迪亞）的腦袋。可是，這個時候我得硬忍下來。

……另外一邊，不知道她本性的吉妮，臉頰愈來愈紅，開始難為情起來。

「我、我哪裡是什麼花朵。」

「怎麼不是呢，妳真的是個很迷人的女性。妳外貌美麗、容貌清秀，而且——」

莉迪亞的視線，微微往下。

視線所向之處，有著吉妮豐碩的乳房。

瞬間，莉迪亞的眼神裡有了邪氣——

這笨蛋終於露出了本性。

「小姐，要不要現在就到我的別墅去，和我共度一段美夢般的時光呢？」

「……咦？」

雖然說得委婉，但她的口氣顯然是幽會的邀約……

大概是太過出乎意料，讓吉妮纖細的臉龐透出了驚訝與疑惑。

至於站在她面前的這個男女通吃的變態（莉迪亞），則繼續說出慾望橫流的話語。

「看妳這反應……該不會，還沒有經驗？不會吧，喂，身為魅魔族卻還沒有經驗？這是怎樣啦，超棒的啊，我愈來愈中意妳了。哼嘿嘿嘿嘿。」

她話說到一半，一口氣拉近距離。無論精神上，還是肉體上。

莉迪亞抱住吉妮的腰，把美麗的臉孔湊到幾乎就要吻在一起的距離。如果只看這構圖的

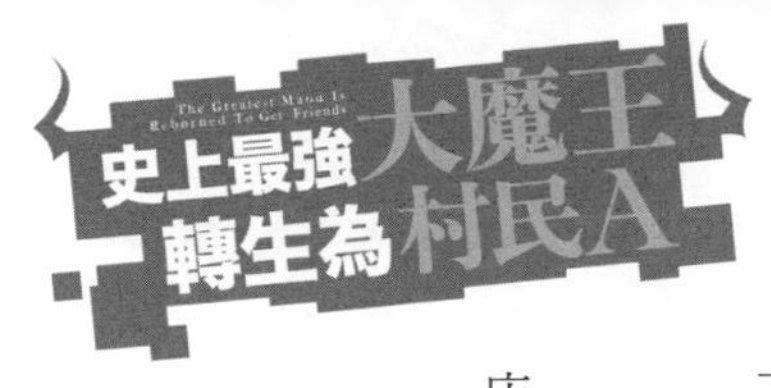

表面，的確像是絕世美女擁抱惹人憐愛的少女，然而……實際的構圖卻是一個變態性慾魔人，就要把毒牙咬上可憐的少女。

吉妮似乎以本能察覺到了這點，表情立刻轉為恐懼。

「咿！請、請放開我……咿！等等，您、您在摸哪裡啊！」

「哼嘿嘿嘿，小姐妳屁股很讚嘛。」

莉迪亞已經不再掩飾齷齪的自己。利用自己是同性的立場，開始盡情享用吉妮的身體。

看到她這樣，伊莉娜歪了歪頭。

「亞德，莉迪亞大人為什麼那麼中意吉妮呢？」

妳問她為什麼中意吉妮？伊莉娜小妹妹，這是因為，她是個只要對方是巨乳美少女就愛不釋手的變態啊。

「啊……等等，那、那裡不行……！那裡是，只屬於亞德的……！」

「怎麼啦，小姐，妳已經有心上人啦？哼嘿嘿嘿，這可讓我愈來愈興奮啦！看我用我的床上功夫把妳搶過來！哼嘿嘿嘿嘿嘿嘿嘿！」

那個混帳大變態，終於開始做出已經不能再讓伊莉娜小妹妹看下去的程度，所以……

我走上前，強行分開了莉迪亞與吉妮。

「啥啊！你這小子幹嘛啦！」

混帳蠢女一張清秀的臉因怒氣而扭曲，從零距離瞪我。

她的模樣，實實在在就是個全身長滿了男性性器官的街頭混混。

……我為什麼會把這樣的傢伙當朋友呢？

「非常抱歉，我們才剛來到這個都市。我、站在那邊的伊莉娜小姐，還有妳一直大吃豆腐摸到剛剛的吉妮同學，都非常疲憊了。因此……還請您高抬貴手。在各方面都是。」

我嘴上露出微笑……但還是掩飾不住內心洶湧的情緒。不知不覺間，我的眼神變得銳利，正面回瞪著她。

「你這小子，挺有膽子的嘛。是想找我打架嗎？」

「不敢。只是……如果您說什麼也要跟我打，我倒是會奉陪喔。」

我非常清楚，這個時候必須好好扮演亞德·梅堤歐爾這個角色，然而……實際面對這傢伙，我就是說什麼也按捺不住。

「是喔……你真的是很有膽子啊……！出去單挑啦！」

我雖然心想，不可以回應她的挑釁。

「也好，我就來好好矯正您扭曲的本性。」

但我實在忍不住，和她一起走出了屋子。

然後打了一場長達好幾個小時的架。

用魔法會對周遭造成困擾，所以我們只用自己的肉體。只是話說回來，對手是全盛期的「勇者」。即使只用純粹的武技，都有著驚人的戰鬥力。

相對的，我則不同於前世，身體只有古代世界的平均水準。

就因為這個原因，和我被稱為「魔王」的時候相比，很容易落入下風。

這個臭傢伙。如果我也處在全盛期，才不會被打到這麼多下。

我這輩子第一次想回到被稱為「魔王」的那個時候。

然後——

「呼、呼……你、你這小子，還挺能打的嘛……！」

「您、您比我想像中……更沒什麼……大不了啊……！」

「你頂著一張不成原形的臉……講這種話……也沒有……說服力啦，笨～蛋……！」

「您還不是……一張漂亮的臉……變得像醜陋的哥布林啊，活該……！」

我們躺在地上，互相謾罵。

不知道伊莉娜與吉妮是以什麼樣的表情看著這樣的我們？維達肯定是在偷笑。

……這時代真討厭。我想趕快回現代去。

我粗魯地吐出積在嘴裡的血，結果——

「哼、哼哼……！你這小子，實在有意思啊！」

莉迪亞開始哈哈大笑。她的表情裡沒有先前的敵意……只有豁達而暢快的，說起來就是一種很有男子氣概的感覺。

「你說你叫亞德？你帶她們兩個來後方支援。」

莉迪亞坐起來，低頭看著我的臉說話。

「其實我是很想叫你來前線，可是……你大概有些難言之隱吧？不然誰會想待在那個維達手下。」

「……既然都推敲到這地步，就請您不要強人所難。竟然要我們上戰場——」

「我需要你的力量。別讓我全都說出來，多難為情。」

莉迪亞露出不高興的表情。

……這傢伙真的很討厭。每次每次都把我預計的步調弄得一團亂。

我由衷討厭這樣的她。

……討厭歸討厭，但既然她這麼依靠我，那也沒有辦法。

「……也好。既然您這麼說，我也不是不能幫您——」

「只要你來，那個吉妮也會來吧？到時候我要得到她就像探囊取物。看我大展神通拿下她……一有空就跟她搞來搞去搞個不停！哼嘿嘿嘿，我愈想愈期待戰事趕快來啦～～！」

莉迪亞鼻青臉腫的美麗臉龐上，多了齷齪的慾望。

看到過去的好友這模樣，我——

先往她臉上再送上一拳再說。

第四十二話　前「魔王」與古代世界的夜晚

因為與莉迪亞的邂逅，讓我們確定要出擊到戰場上。

……雖然和當初的計畫不同，但就往正面想，當作是變得更容易立下功勞吧。

不管怎麼說，我們的行動方針，就是想辦法立下功勞，把我們在軍中的地位提高到一定程度。

戰場上滿地都是功勞。只要從裡頭撿起一件，多半就能朝和「魔王」邂逅的目標，踏出大大的一步。

我們被交付的任務是後方支援，不至於遇到太大的危險……這應該並非誤判。

不管怎麼說……

說來理所當然，也不會說確定要從軍，就立刻出發。

莉迪亞軍與維達軍兩軍都還有需要準備的事項。

等這些準備完成，便會開始行軍。

這來得正巧。我也正想說得做一項「準備」工作。

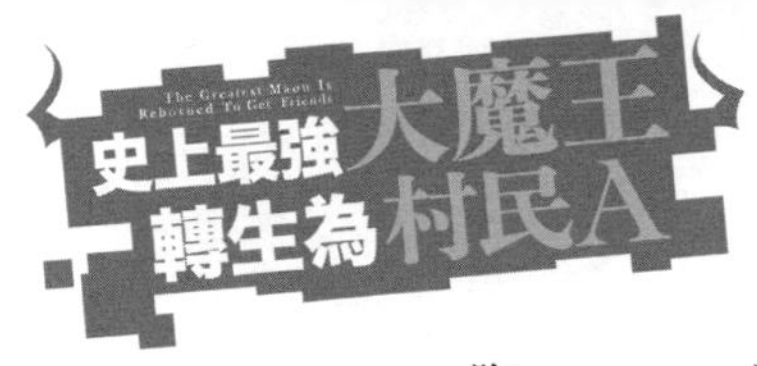

而且還有一件求之不得的事情……

在迎來開始行軍的那一天前，我們都在莉迪亞位於這個都市的別墅度日。

想必她對伊莉娜與吉妮十分中意，對我則只當成是她們倆的附屬品，但不管怎麼說，這都是一大僥倖。如果不是莉迪亞提出這樣的方案，我們就得和那個維達寢食與共。

我把這件事報告給維達知道，她就讓一對大眼睛淚眼汪汪地說：

「不要啊～～～！不要走～～～～！一直待在這裡嘛～～～～！」

她還撲進我懷裡，像個小孩似的央求我們留下。

如果只看她這模樣，的確會讓人覺得是個非常惹人憐愛的小孩。

這傢伙只有外表真的是個惹人憐愛的少女。因此，一旦被她這樣央求，相信任何人都會忍不住答應她的要求。

可是……

「虧人家還想趁你們晚上睡覺的時候偷偷做些人體實驗～～～～！至少現在！讓我把你胸部切開一點來看！只要一點只就好！只把刀尖劃進去一點點就好啊～～～～～～！」

相信在這個時間點上，任何人都會把她摔出去然後拔腿就跑吧。

當然我也這麼做了。

背後傳來維達啜泣的聲音，但我一點也不心痛。

……為什麼我軍的人才，階層愈高，變態度就愈高呢？

鬧了這麼一陣後，我們前往莉迪亞的別墅，各自分到了一間客房。她的別墅也同樣只是很大，上上下下找不到一丁點造型上的美感。只是話說回來，至少室內夠寬廣，而且最重要的是很整潔，所以一點問題都沒有。

我一邊躺在床上，享受床的感覺，一邊喃喃說道：

「……真沒想到會和她重逢啊。」

其實早在被丟到這個時代的時候，這個可能性就已經從我腦海中閃過。

但那只有一瞬間，這樣的念頭立刻就消失了。

不……比較正確的說法應該是盡量不去想。

莉迪亞這個女人，在我心中的地位極為複雜。

由於是我以前的好朋友，我始終有著想再見到她的心情。

不是見到那個化為只剩靈魂，只會聽我命令的她，而是想見生龍活虎的莉迪亞。我始終有著這樣的念頭。

只是，相對的——

這獨一無二的好友，就是我親手殺的。

這個嚴峻的事實，逼我斷了想見她的心情。

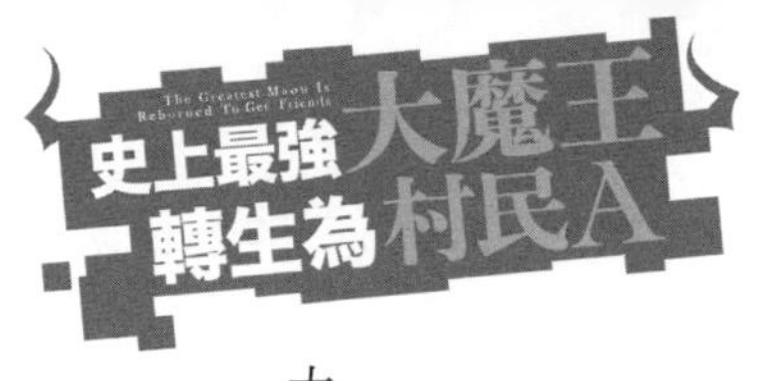

這個事實對我說——你有這種資格嗎？

「……那個自稱神的傢伙，到底在想什麼呢？是找我麻煩？如果是這樣，下次見到的時候我可不會手下留情……」

我嘆了一口氣。結果——

下一瞬間，有人敲了門。

是吉妮來找我嗎？畢竟若是伊莉娜小妹妹或莉迪亞，根本不會先敲門就會直接進來。

而她會在這種時段（深夜）來找我，也就表示……

我一邊煩惱要如何拒絕這情事，一邊應門。

開門走進來的……

並不是吉妮。

甚至不是我認識的面孔。是個有著特徵鮮明的褐色皮膚與白色頭髮，年紀還小的少女。

她的服裝很尋常……但腹部所刻的徽章，顯示出她的立場。

這個很特別的徽章……是奴隸的印記。

「初次見面，我叫拉蒂瑪。是莉迪亞大人的僕人，負責服侍她生活起居。本次奉莉迪亞大人之命，各位在此作客期間，由我隨身服侍各位。小女子不才，還請多多賜教。」

自稱叫做拉蒂瑪的少女，事務性地淡淡說完，朝我一鞠躬。

……記得莉迪亞是奴隸制度反對派，但由於她也理解這個制度對社會帶來的益處，也就無法毀掉整個制度。

相對的，她非常致力於拯救受到不當待遇而淪為奴隸的人。

這個少女多半也是蒙莉迪亞搭救，讓自己歸屬於她吧。

莉迪亞的近衛部隊裡，就有很多這樣的人，就像狂信者似的對她效忠。

因此這個叫做拉蒂瑪的少女值得信任……照理說是這樣，可是——

不知道是不是錯覺。

我總覺得她看著我的眼神，帶著點危險的神色。

被分配到一個房間後，伊莉娜與吉妮一起接受莉迪亞的邀約，進入別墅附設的浴場。

寬廣的浴場裡，席爾菲已經把她嬌小的身軀泡在浴池裡。

「呼～～～～活過來啦～～～～」

她說著這種像是大叔會說的話，舒暢地發出伸懶腰的喊聲。

看到她這樣，伊莉娜自然而然笑了出來。

（席爾菲果然是席爾菲。）

入浴的時間，過得相當開心。

而這個空間的中心當然……

「吉妮～～～！我們來互相洗背吧～～～～！」

就是莉迪亞．畢金斯蓋特。

「咿咿！不、不用了～～～～～～～！」

「別說這種話嘛～～～～～～！讓我揉揉妳搓滿泡泡的胸部啊～～～～！哼嘿嘿嘿嘿嘿嘿！」

「不要啊啊啊啊啊啊啊啊啊啊啊啊啊啊！」

莉迪亞露出連好色老爹看了都會嚇到的表情，追著吉妮跑來跑去。從她這種模樣裡，看不出半點傳說「勇者」的威嚴。

但想來這對伊莉娜來說反而是好事。

如果她一直維持英雄譚裡描繪出來的那種莉迪亞形象，伊莉娜多半就會從頭到尾都畏畏縮縮，根本沒有時間讓自己喘口氣吧。

只是話說回來——

「嘎哈哈哈哈！逮到妳啦，My Honey！」

「咿～～～～！放、放開我！請妳放開我！等，不、不可以揉我胸部啦啊啊啊啊啊啊啊啊！」

吉妮可就無福消受了。

她發育得形狀姣好又豐滿的胸部，在莉迪亞白嫩的手裡不斷扭來扭去地變形。

吉妮以滿心受不了的表情哭喊，但莉迪亞全不當一回事。

「唔哈哈哈哈！這個手感！分量感！果然巨乳才是最棒的！」

「嗚哇～～～！饒了我吧～～～～～！」

席爾菲泡在浴槽裡，瞇細雙眼瞪著她們兩人。

「……只要再過個兩三年，我也會變大啊。」

她來回撫摸自己平坦的胸部。然而說來可悲，就算過個兩三年，席爾菲的洗衣板也不會隆起，這點伊莉娜非常清楚。當然她並不會硬逼席爾菲面對這個事實，因為實在太可悲了。

主要是靠著莉迪亞，讓她們度過了一段熱鬧的入浴時間後。

伊莉娜換上古代世界的標準服裝，回到了自己的房間。

「嗯～……總覺得，涼颼颼的……這樣會不會露太多啊？」

伊莉娜對露出肌膚並不怎麼敏感，但對於這種只用一塊布遮住重要部位似的服裝，還是

覺得有點難為情。

不如吉妮那般豐滿的乳房、柔軟的屁股，以及緊實的腹肌都大膽地袒露在外。這樣果然有點難為情。

然而，難為情歸難為情，這種羞恥卻又讓她爽快。

「從、從被艾爾札德綁走以後，我……是不是變成了一個有點色的女生？」

不知道亞德會怎麼看待這樣的自己？她一想到這裡，就滿臉通紅。

「～～～！」

為了冷卻發燙的臉頰，她倒到床上，把臉埋進枕頭。

然後，強行切換思考。

「起初我還很不安……但也許意外的，能對這個時代樂在其中。」

就如亞德以前所說，對伊莉娜而言，現況不是教育旅行，而是時光旅行。要親身體驗古代世界，是不管用上什麼魔法都辦不到的事情。想到這裡，就覺得自己現在的經歷非常寶貴。

「雖然和想像中完全不一樣……但真沒想到，竟然能夠見到維達大人和莉迪亞大人。可是……就算跟班上的大家說了，大家一定也不會相信吧。」

她神馳現代。

……回想起來，自從認識亞德後，包括這次的事在內，發生的盡是種種難以置信的事情。

伊莉娜很清楚這一點。

最難以置信的，就是自己有朋友。

自己被許多人圍繞，能夠在人群中歡笑。

然而……這是一種如履薄冰的脆弱環境。一旦知道「那個事實」，想必立刻就會崩毀。

「我交到了很多朋友。可是……不管去到哪裡，我……都是汙穢的血族吧。」

先前的熱氣已經消失得無影無蹤。隨著一聲嘆息，寂寞的心情慢慢填滿心中。

表面上，伊莉娜被許多朋友圍繞，生活得很幸福。然而……

最終她和任何人都不一樣。

因為伊莉娜甚至不是人類。

因為就如以前艾爾札德所說，伊莉娜是個身上有著「邪神」血統的怪物。

因此伊莉娜儘管表面上是個被人們圍繞，生活得很幸福的女生，然而……

本質上，卻是個必須擁抱自己和任何人都不同的這種孤獨而活下去的可悲少女。

「……唉，我這樣不行啊。不知不覺間，老是會去想一些不必去想的事情。」

忽然間，腦海中浮現出亞德的身影。

「……今天，我一個人大概睡不著吧。」

伊莉娜迅速站起。

她之所以幾乎每天晚上都與亞德同床，並非只是因為對他抱持著非比尋常的好感。是因為跟他在一起，心情就會鎮定下來。

他能夠完全理解伊莉娜的孤獨，還答應會陪著她。

正因如此，對伊莉娜而言，亞德・梅堤歐爾這個人的存在非常重大。

「……不知道亞德是不是已經睡了？就算，他睡了……應該也會原諒我吧。」

她走向門，準備前往他的房間。

但就在下一瞬間──

伊莉娜還沒開門，門板就往房間內側打開。

「咦！」

伊莉娜小聲驚呼。而她視線所向之處……

「嗨，伊莉娜，妳還沒要睡吧？」

莉迪亞一臉平靜的表情，一手提著皮袋站在門外。

她以悠哉的步調走進房間，坐到床上，喝了一口皮袋裡裝的東西──蒸餾酒。

接著發出「耶～～」這麼一聲沒有女人味的喊聲。

她直視伊莉娜的眼睛，說道：

「我想和妳單獨談談。可以耽誤妳一點時間嗎？」

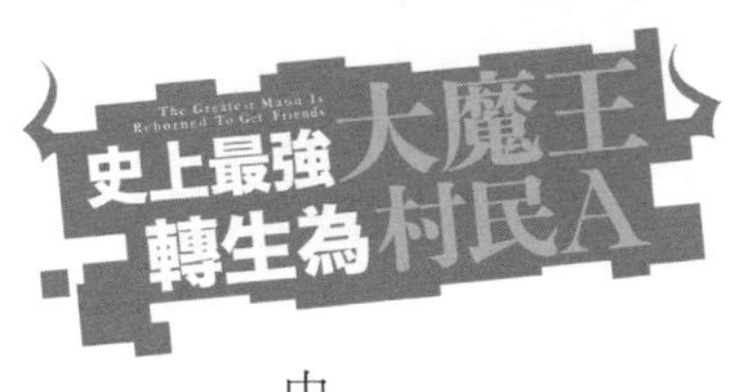

莉迪亞清澈的眼神中，有著一種真摯。不是看吉妮時那種下流，也不是看亞德時那種凶猛，那清澈到了極點的眼神裡……有著一種打動她的事物。所以伊莉娜的回應是……

「……好的。」

她點了點頭。

「嗯。那麼，在我旁邊坐下吧。妳會喝酒嗎？」

「不、不會，不太能喝。」

「是嗎？那妳喝這個吧。」

莉迪亞從掛在腰間的幾個皮袋裡，取下一個遞過去。看來裡面裝的是葡萄汁。

伊莉娜接過來，同時在莉迪亞身旁坐下。

沉默籠罩著室內好一會兒。

莉迪亞說有話要跟她說，但一句話也不說。

而且棘手的是，現在的莉迪亞散發著一種非常認真的氣氛……

這樣一來，這個女性就真的非常有魅力。

光是朝她的側臉瞥上一眼，就連同姓的伊莉娜都會忍不住臉紅。只有這一點，她和傳承中一模一樣。「勇者」莉迪亞，實在太過美麗。

這樣的她，到現在仍不開口。

（～～～～！我、我受不了這種氣氛！）

伊莉娜承受不了沉默，鼓起勇氣擠出了幾句話。

「請、請問！您說有話要跟我說，對吧？」

聽到她這麼問，莉迪亞總算出了聲。

「……對啊。雖然這個問題，相當不好問。」

她看過來的眼神，仍然清澈到了極點，讓伊莉娜自然而然吞了吞口水。

（她會跟我說什麼？）

（啊，可是，搞不好會是一些無關緊要的事情。）

（莉迪亞大人的確有可能這樣。先醞釀出這樣的氣氛，讓人撲空。）

一想到這裡，緊張的情緒就緩和了幾分。

然而……

「我說啊，伊莉娜，妳……」

下一瞬間，莉迪亞說出的話，對伊莉娜而言——

實在不能說是無關緊要的事。

「身上流著『那些傢伙』的血吧？」

被她這麼一問，伊莉娜當場僵硬得像石頭一樣。

所謂的那些傢伙，指的多半就是「邪神」吧。雖然不知道她為什麼不直說，而是用這種拐彎抹角的說法，然而……

現在，這些事情根本不重要。

那個「勇者」，討伐「邪神」的大英雄。

說有話要跟她說，來到房間，說出了她的真面目……說出了她是「邪神」血族的真相。

這些舉動有著什麼樣的含意？

當她想到這裡的同時——

「〰〰唔！」

伊莉娜整個人彈開似的從床上跳開，和莉迪亞拉開距離。

在傳承中，莉迪亞對「邪神」及其一黨，都持續施以苛虐的制裁。

如果真正的莉迪亞也是如此……

也許現在，自己就會當場被她給殺了。

這樣的危機感，促使她大量發汗。

伊莉娜感受著胃痛，以及分分秒秒都在變快的心跳，瞪著莉迪亞。看到她這樣——

莉迪亞露出顯得過意不去的表情，搖了搖皮袋。

「不好意思啊，問得這麼突然，一定讓妳不舒服了吧。可是……我覺得無論如何都想跟妳談談。畢竟……」

接著她所說的內容……

為伊莉娜帶來了更大的震撼。

「畢竟這是我第一次，遇到『跟我一樣』的傢伙啊。」

她壓抑不住驚愕。

不知不覺間，伊莉娜用力睜大眼睛，簡直要讓眼球彈出來。

「一、一樣……？」

「對，沒錯。我啊，也跟妳一樣。我的老爸……是『邪神』裡的一尊。」

這令人難以置信。傳說中的「勇者」，人們認為史上最恨「邪神」的她，竟然跟自己有著一樣的際遇。

然而……莉迪亞的眼神裡，沒有半點說謊的神色。

相信她揭露的這件事，是不折不扣的真相。

一想到這裡，就萌生了一種不可思議的連帶感……

「莉、莉迪亞……大人……以前會不會也……沒有辦法相信別人？」

「會啊。可嚴重了，真的。」

不知不覺間，滿腔言語洋溢而出，再也停不住。

之後伊莉娜就和莉迪亞聊起各式各樣的事情，有時歡笑，有時流淚。

她還是第一次有這樣的心情。

這個世界上只有自己一個人的寂寞心情，漸漸消失。

她這輩子第一次能夠完全忘掉孤獨感。就連亞德都無法讓她消解的這種感情，透過莉迪亞這個同胞的存在，漸漸消融。

不知不覺間，莉迪亞在伊莉娜心中，已經占了極大的地位。

所以……她由衷覺得，不想和這個人分開。

「差不多到該睡的時間啦。不好意思啊，突然跑來找妳。不過，我很開心。謝啦，伊莉娜。」

莉迪亞微笑著輕輕撫摸伊莉娜的銀髮，站了起來。

希望她不要走——由於這樣的情緒爆發，讓伊莉娜抓住莉迪亞的手。

「這、這個！可、可以陪我……陪我一起睡嗎？」

莉迪亞一瞬間瞪大眼睛，但立刻化為柔和的笑容。

「我本來是打算去夜襲吉妮的，不過……既然妳都用這樣的表情拜託我了。」

莉迪亞和她一起躺上床，彈響手指。

緊接著，設置在天花板上的魔導式照明用具就熄了燈，黑暗籠罩住室內。

「晚安，伊莉娜。」

「好的……晚安，莉迪亞大人……」

伊莉娜在莉迪亞的懷抱中，閉上眼睛。

比自己高大的個子、柔軟的肢體、女性特有的甜香……

伊莉娜自然而然地想起了母親。

母親活著的時候，自己從未感受過孤獨。小時候的伊莉娜，覺得母親就是整個世界……由衷覺得只要有她在，自己一輩子都會幸福。

然而，母親已經不在了。

母親的消失，對伊莉娜帶來了重大的孤獨……儘管認識亞德，讓這種孤獨幾乎已經得到消解，但終究並不完全。她一直認為直到自己過世，都將擺脫不了這種孤獨的殘渣。

然而現在，伊莉娜多半是把莉迪亞當成了第二個母親。

伊莉娜心中，有著一種就像和母親待在一起時會有的無上幸福感。

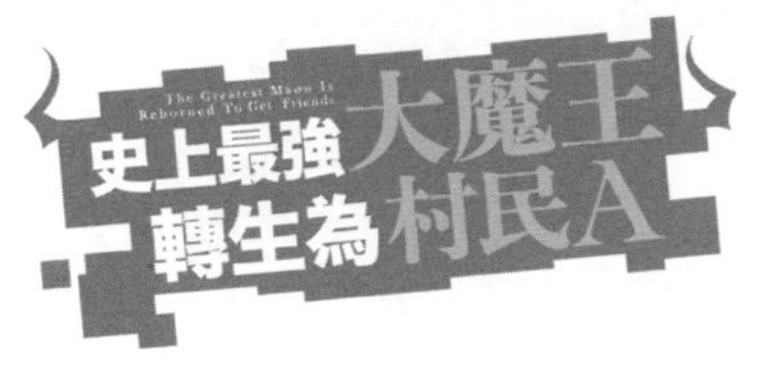

然而——

正因如此，她才會由衷悲傷。

原因很簡單——

就連這第二個母親，也遲早會從自己眼前消失。

畢竟總有一天自己等人必須回到原本的時代。

只是話說回來——如果只是這樣，倒還能夠忍耐。

伊莉娜微微睜開眼睛，看著莉迪亞的睡臉，心想——

（這個人……會死。）

（會迎來悲劇般的下場。）

這實實在在是已經注定的歷史。

然而，即使這是命運。

（這種事——）

（這種事，我絕對不要它發生……！）

然而，自己又能做什麼？

伊莉娜對這總有一天會來臨的宿命，只能一直懷著一股無處宣洩的感情——

第四十三話　前「魔王」與古代的戰場　前篇

在前線都市乙太的幾天日子轉眼間過去，我們終於迎來了出擊日的前夜。

「那麼，就如我幾天前所說……我要給兩位專用的魔裝具。」

莉迪亞別墅的一個房間裡，我對伊莉娜與吉妮這麼宣告後，視線朝向一旁的桌上。

圓形的木製桌上，放著兩組魔裝具……

一件是深紅色的脛甲。

一件是黃金色的長槍。

最後一件是蒼穹色的手環。

這些全都是為了伊莉娜她們趕造的。坦白說，她們的戰鬥能力，在這個時代完全不管用，搞不好甚至會比三歲小孩還差。

因此必須用魔裝具來強化她們的戰力。

「欸欸！亞德！這紅色的東西是穿在腳上的吧？這是什麼樣的魔裝具啊？」

伊莉娜眼神閃閃發光地問起。看來她對造型很中意。

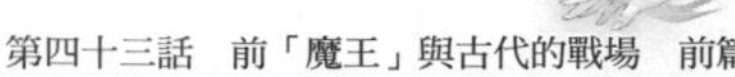

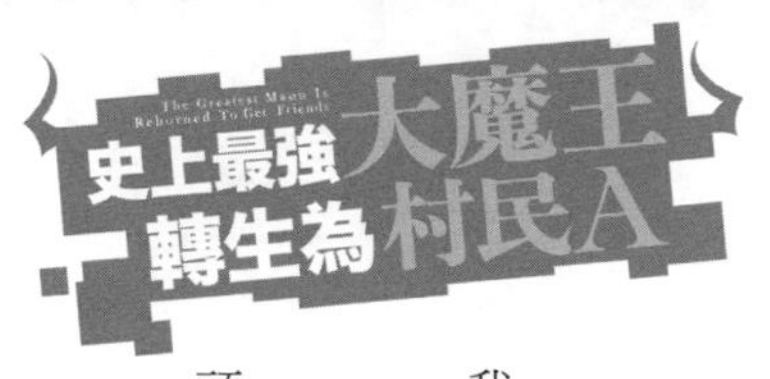

不枉我一整晚都在構思她會喜歡的形狀。

我暗自為伊莉娜的反應高興，開始說明魔裝具的效果。

「這件魔裝具，不只用上了提昇穿戴者機動力的術式，還賦予了飛行功能。讓穿戴者不只能在地上高速活動，還能加上空中飛行，展開三次元的戰鬥。基本概念就是以立體機動性來戲耍敵人。」

「是喔～飛行功能聽起來好吸引人呢！」

「我個人是對高速活動比較好奇……請問大概能用多快的速度動作呢？」

「我想一下。嗯，保證至少有『音速等級』。」

「音、音速！」」

兩人睜圓了眼睛驚呼。她們是現代人，會有這種反應理所當然，然而……

在這個時代，音速機動再理所當然不過。

「這長槍是攻擊用的魔裝具。灌注魔力進去，就可以發動雷屬性的魔法。至於效果……我想，一擊應該可以殲滅三百人左右吧。」

「「一、一擊殲滅三百人？」」

「最後是這手環，它會隨時偵測穿戴者的生命跡象。一旦受到致命傷，就會以賦予在裡頭的術式，一瞬間治好。」

「「一、一瞬間治好致命傷！」」

這種時候，她們兩個真的很合拍。簡直像一對親生姊妹。

「這、這效果真令人難以置信，可是……」

「畢竟是亞德啊……」

兩人投以一副彷彿再度愛上我似的視線，讓我稍微有些尷尬。

……不管怎麼說，準備已經完成。

於是，翌日早晨。

我們加入維達軍，一起朝目的地移動。

無論古代還是現代，行軍的形式本身沒有什麼兩樣。

步兵用自己的雙腳行走，將領或騎兵則騎著龍馬移動。

所謂龍馬，就如名稱所示，是一種由龍與馬混合而成的獸類，分類上屬於魔物。但這龍馬的智能極高，很容易馴服。因此龍馬被視為少數能和人類共存的魔物之一。

龍馬不但有著高度的智能與強韌的腳力，有些個體甚至能夠因應狀況來發動魔法。這樣的龍馬極為寶貴，全軍當中也只有最高階的將領可以分配到。

因此，我、伊莉娜與吉妮是以徒步行軍。

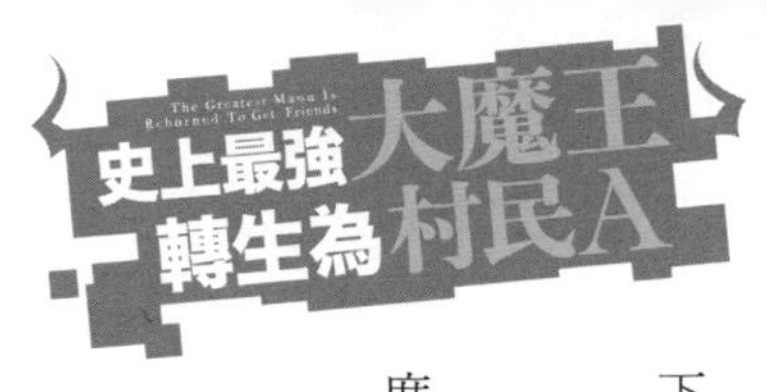

「……該怎麼說，古代世界真的是豈有此理。」

跑在身旁的吉妮吐露的心聲裡，灌注著一種像是死心的感情。

相信原因還是出在我們的行軍。

如前所述，無論現代還是古代，行軍的形式都沒有兩樣。

只是……光景實在太不一樣了。

現代無論要前往的戰場多近，至少也一定要花上好幾天行軍。

然而……

在古代，除非真的是要去很遙遠的地方，否則幾小時內就會抵達戰場。

原因很簡單，因為步兵與騎兵的移動速度，都完全不是同一個層次。

現代也還留有龍馬這個種族，奔行速度是一般馬匹的數倍。然而這是因為「魔素」濃度下降，導致種族能力大幅劣化的現代才會有的情形。

在「魔素」濃度很高的古代，龍馬的奔行速度，是現代的數十倍。

此外，步兵的基礎能力也不是現代人所能相比……儘管實在沒有多少人能以龍馬級的速度奔跑，但速度仍然快得不可同日而語。

大軍捲起飛揚的塵土往前衝，每個人都以超高速行軍。

看在現代人吉妮的眼裡，想必是一幅太過瘋狂的光景。

另外……自己這個現代人待在這樣的群體當中的這件事，肯定也讓她覺得是非常奇妙的狀況。

沒錯，她與伊莉娜也同樣以音速在奔行。

這是靠著我昨晚交給她們的，賦予了魔法術式的紅色脛甲所達成。

「啊哈哈哈哈！我變成風了！啊哈哈哈哈哈！」

「該怎麼說……感覺就像在作夢……」

兩人都一邊做出符合她們作風的反應，一邊持續蹬地前進。

不管怎麼說，靠著我給的魔裝具，讓吉妮與伊莉娜都得到了即使在這個時代仍然足夠的戰力。至少，遇上一般的對手，應該不至於吃虧。

這兩個人的本性都很老實，所以也不用擔心她們會把賦予她們的莫大力量，錯當成自己的實力。

只是……

要說有什麼擔心的事，就是我們伊莉娜小妹妹。

「對了，伊莉娜小姐，昨晚妳也和莉迪亞大人同床共寢嗎？」

「嗯！莉迪亞大人不只是很有男子氣概，也有很可愛的一面喔！她呀，昨天晚上突然醒來——」

我明明沒問，伊莉娜口中卻不斷跑出她與莉迪亞共度時光的相關描述。對於這樣的她，我表面上微笑……

「然後啊，莉迪亞大人她喔——」

「是這樣啊——」

「莉迪亞大人其實還挺——」

「是這麼回事啊——」

我真摯地聽她說話、應聲，然而——

內心翻騰著一股針對莉迪亞的渾濁情緒。

那個臭傢伙，應該沒碰我們家伊莉娜小妹妹吧。

為了確保出事時可以馬上趕到，我偷偷在房間裡裝設了監視用的超小型魔導裝飾，但那傢伙每次都若無其事地給我清理掉……！

因此，我完全沒能掌握住她們兩人在室內有著什麼樣的互動。我愈想愈不安，昨晚終於搞到胃穿孔。

真沒想到重逢沒幾天，她就在我的胃裡開了個洞。

莉迪亞這個女人，實實在在就是我的天敵。是不共戴天的宿敵。

就因為和她重逢，伊莉娜小妹妹日復一日都在談莉迪亞。

直到前不久，她還隨時都跟我在一起，都只談我，現在卻開口閉口就是莉迪亞。

但我絕不是在嫉妒。

我沒有半點覺得伊莉娜小妹妹被她搶走才生氣的念頭。

我就只是純粹地、純粹擔心伊莉娜小妹妹。

那個喜歡巨乳的大變態，幾時會對伊莉娜小妹妹伸出毒牙……！

等這場戰事結束，我得開始設計連她也偵測不到的監視裝置才行！

一切都是為了我們伊莉娜小妹妹！

她的貞操，我說什麼都要守住！身為她的好友一定要守住！

……就在我內心下定這樣的決心之際。

我們抵達了戰場。

這裡大概是亞拉利亞平原的正中央吧。四周有著一整片帶著點起伏的地形，並沒有特別危險的氣息。

這景觀反而可說極為恬靜，讓人無法切身感受到，接下來就要展開一場血腥的戰事。

再補充說明，我們維達軍待命的地點，離戰士們正面衝突的地點相當遠。

因此，更加讓人難以產生參戰的感覺。

然而——

「終、終於……要開始……了呢……」

「沒、沒問題，對吧……莉迪亞大人……！」

只是以從沒參與過戰爭的這兩人的角度來看，感受方式似乎大大不同。

戰爭開始之前，伊莉娜和吉妮便早已不斷流著冷汗。不過——

在正前方遙遠的另一頭，開啟戰端之後。

無論伊莉娜還是吉妮，都連一滴冷汗也不流了。

其中一個理由多半是這樣。

因為戰場的光景太令她們難以置信，才讓她們只能呆呆站在原地。人面對無法完全接受的事實，反而會變得冷靜。

「……怎麼好像天氣突然改變，還竄起了好大的光柱……是我的眼睛產生了錯覺嗎？」

這句話是她們看著在遠方的戰況時說的。

「……這個時代，人死了也能輕易復活呢——」

這句話則是看到被搬過來的四分五裂屍體，在特殊魔法陣上復活而且恢復原狀的瞬間時說的。

順便提一下，在這個時代，死人復活並不是什麼稀奇的事情，只不過有個前提，那就是靈體必須還留在這個世界。在將領級的戰鬥裡，會展開將肉體與靈體一起毀滅的戰鬥，所以小兵就算死了也很可能不會真的喪命，但相對的，將領則很容易一個個被送去冥界，就是這個時代對戰事的常識。

這個部分也和現代不一樣啊。現代是小兵死得快，無能的將領卻容易活下來。實在可嘆。

「救護班！快叫救護班來啊啊啊啊啊啊啊啊啊！」

「不要只因為斷手斷腳就跑回來！趕快去死一死啦！」

「啊，那邊的屍體先放著。維達大人一直想要這傢伙的身體資料，所以得解剖一下才行。」

我已經很久不曾待在後方部隊裡，但這裡果然也很忙啊。

許多人員交互來去，四面八方都有人在大吼。

前世的半輩子，這些都是家常便飯。

讓我覺得滿心懷念——

結果就在這個時候——

「嗚啊啊啊啊啊啊啊啊啊啊啊啊啊啊啊啊啊啊！」

尖叫聲中，破壞的聲響敲打耳膜。

從距離極近的位置發生的這些聲音，讓伊莉娜與吉妮都全身一震。

「剛、剛剛那是……！」

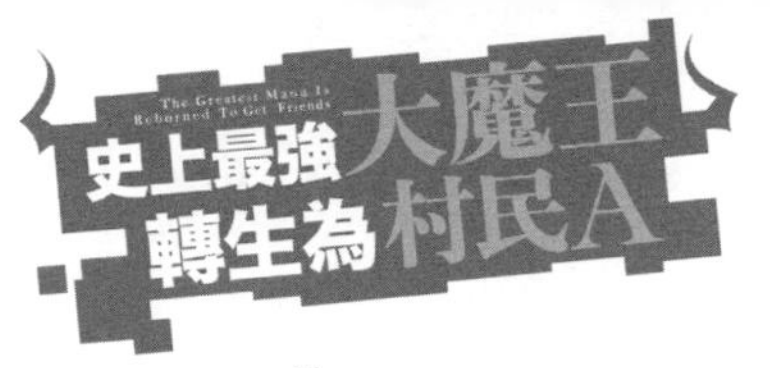

「唔，看來是敵襲。」

「敵、敵襲……！」

我和大量冒汗而開始顫抖的她們兩人不同，仍然維持冷靜，朝著聲音傳來的方向看去。

煙霧竄向天際，尖叫聲與破壞聲交錯。

處在這樣的狀況，吉妮擔心受怕地問起：

「後、後方不是不會有敵人來嗎……！」

「那倒未必。畢竟摧毀兵站與醫療站是兵家常事。後方只是比前方安全幾分，並不是完全不會有敵人來犯。」

這場大騷動之中，我一派冷靜地回答。

就在我這話剛說完時——

「哈哈哈哈！果然踏扁這些小蟲子就是痛快啊！」

一道剛猛的粗豪說話聲傳進耳裡。

朝聲音的方向看去——就看見一個帶著一群人的高大男子。

他肌肉發達的高大身軀，被深紅色的鎧甲遮住，風貌實實在在就像個身經百戰的武士。

他所率領的這群部下，也顯得頗為強悍。

「他多半就是襲擊部隊的頭目了吧。」

我喃喃說完，對伊莉娜與吉妮說：

「那麼，我去去就來。」

她們沒有回答。多半是兩人都被那個「魔族」所發出的鬥氣給震懾住了吧。

不過這也無可奈何。

這個時代的「魔族」，強得遠非現代所能相比。

然而……

在我看來，那個「魔族」絕非強大到可怕的地步。

這也難怪。

會被派來攻擊後方部隊的人，不可能會有多強大。

「要見『魔王』是不太夠……不過功勞終究是功勞吧。」

我心中湧起的好戰感情，化為笑容表露出來。

許久沒有能夠和「像樣」的「魔族」開打，讓我心情亢奮了起來。

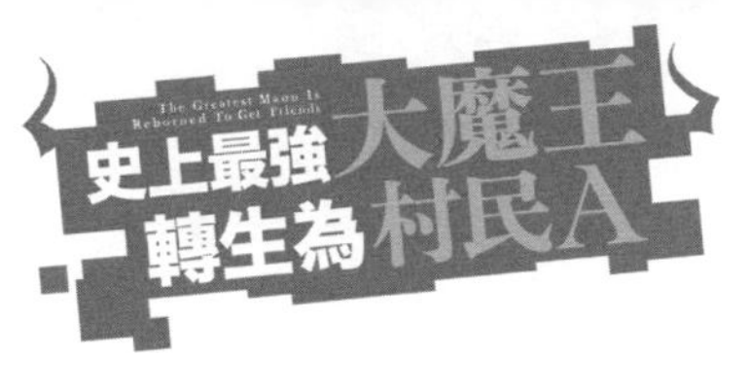

第四十四話　前「魔王」與古代的戰場　後篇

「哼哈哈哈哈！哭吧！叫吧！把內臟都灑出來吧！」

「魔族」巨漢發出充滿了愉悅與瘋狂的叫聲，右手高高朝天舉起。

下一瞬間，顯現出五個魔法陣，隨即有無數的雷擊從魔法陣往四面八方射出。

五重詠唱是吧？果然這個時代的「魔族」，和現代不是同一個層次啊。

但話說回來──

「這點本事，還不值得我殺啊。」

我一邊小聲自言自語，一邊遠距發動魔法。

雷擊所向之處，顯現出多面屏障，擋住友軍的士兵們。

「魔族」巨漢發出的雷擊，悉數打在屏障上，隨即消散。

「哦……！」

撿回性命的友軍士兵們，立刻做鳥獸散似的四處逃竄之際──

「小子，礙事的就是你嗎？」

「魔族」巨漢與他的這群部下，用精光暴現的眼神看向我。

他發出若是非戰鬥人員會因此跌坐在地的鬥氣，但對我來說實在不怎麼樣。

「沒錯。」

我一派輕鬆地露出笑容，「魔族」巨漢就呲牙咧嘴地笑了。

「剛才的魔法，看上去是十二重詠唱……是老子看錯了嗎？」

「不，你沒看錯。」

「……所以你這點年紀，就能夠同時發動十二個魔法？」

「如果懷疑，你可以試試。」

我攤開雙手，出言挑釁。

結果——

「小子們！給老子血祭那個小鬼！」

粗豪的嗓音才剛吼完，多名敵人一齊有了動作。

或許是因為占有人數優勢……看來他們沒把我放在眼裡。

他們發動的不是攻擊魔法，而是強化身體機能的魔法。他們以此猛烈地跨步上前，各自揮動手上的劍或長槍等兵器。

從他們的表情，我能夠瞭如指掌地讀出他們的心理。

『看我們把這小子給凌遲到死。』

對於這嗜虐的念頭，我的反應是——

「連下下等都還不如啊。」

我維持著微笑躍動。

我也同樣不用攻擊魔法。這些小兵連讓我動用攻擊魔法的價值也沒有。

我發動強化身體機能的魔法，赤手空拳應付。

以手掌撥開槍尖的同時，犀利地踏上一步，反手一拳打在對方臉上。

以毫釐之差躲過直砍而來的劍，腳尖踢進對方下腹部。

對於想擊打我頭部側面而揮起的棍棒，我以拳頭迎擊，粉碎棍棒，然後朝對方的側腹部賞了一記快如電光石火的迴旋踢。

這是要求瞬間判斷的超高速肉搏戰。

而贏得勝利的——是我亞德．梅堤歐爾。

「真是的，這點程度的對手，連熱身都不夠。」

我低頭看著地上倒了一面的「魔族」，「呼」的一聲吐氣。

看到我這樣，「魔族」巨漢的反應是……

「哼哈哈哈哈哈！有一套啊小子！值得老子博爾岡親手來殺！」

他發出剽悍的叫聲，使出攻擊魔法。

敵方正面顯現出十個魔法陣，接著——

「吃老子這招！『渦流爆焰（Vortex Burst）』！」

發出蒼穹色光芒的熱線齊射而出。

從十個魔法陣發出的超高熱，迅速匯集為一道巨大的熱線，像要吞沒我全身似的射來。

然而——

「差不多中下等吧。」

我隨手舉起一隻手，發動防禦魔法。

我的正面顯現出幾何紋路，接著化為半透明的屏障。

剎那間——

蒼穹色的熱線與屏障硬碰硬，一陣衝擊波席捲周遭。

龐大的超高熱受到半透明的屏障阻擋，四散開來。

敵方發出的攻擊，終究未能達到目的，就此消失。

「哦……！才這麼點年紀，竟然就能熟練地無詠唱發動高階防禦魔法……！」

這句話一半驚嘆，一半喜悅。

「魔族」巨漢博爾岡，多半正因為面臨令他殺得起勁的敵人，亢奮到了極點。

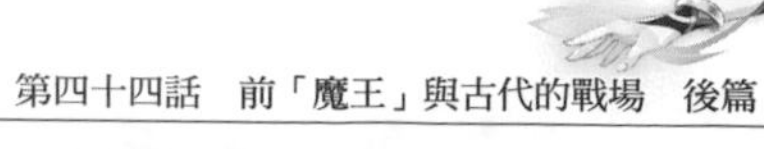

然而……我的心卻一秒秒冷卻。

「唉，虧我還有點期待，以為好久沒能和有點骨氣的『魔族』打上一場。看來是我錯估了。」

「什麼……！你這小子，該不會認為老子博爾岡不如你！」

「很遺憾的，我不得不如此認為。」

「你這傢伙……！只不過會施展人類用的高階魔法，別得寸——」

「光看你這個認知，就證明你只不過是中下等的敵人。」

我劈開博爾岡的話，逼他面對現實。

「先前我所用的魔法，不是高階的防禦魔法。是平凡無奇的低階防禦魔法。」

「你說……什麼……！」

我對瞪大眼睛的博爾岡繼續說：

「你也知道，魔法這種東西，隨著灌注在術式中的魔力量不同，效力也會跟著改變。先前你所施展的魔法，對我而言，只不過是用多灌了點魔力的低階防禦魔法就足以對應的伎倆。」

我呼出一口氣，然後才首次露出犀利的眼神。

「跟你鬥法比兒戲還不如。花上太多時間，實在是無謂到了極點。因此——這場戰鬥，我三招之內就要收掉。」

對於我的宣言，博爾岡高大的身軀發出了非比尋常的殺氣。

「臭小鬼，別把老子給看扁了！」

怒吼撼動空氣——

接著，他身前出現了巨大的魔法陣。

「你就在冥界為自己的輕敵後悔吧！『雷帝滅世（All End Ivan）』！」

呼喝聲中，大型的魔法陣發出轟雷。

無數雷擊勢如破竹地朝我逼近，這光景相當美麗，然而……

終究無從顛覆中下等這個評價。

「我就讓你見識見識，什麼叫做真正的雷擊吧。」

我將手舉到面前，一瞬間建構出術式。

耗費魔力的同時，顯現出大型的魔法陣——

剎那間，漆黑的轟雷爆出了劇烈的閃光與巨響。

雷屬性的中級攻擊魔法「九頭龍爆雷術（Hydra Blast）」。

無數黑色電光像蛇一般地推進，與敵方發出的雷電對撞。

我的雷蛇群轉眼間吞沒了對方的雷擊，一路湧向博爾岡。

吞沒了他高大的身軀。

……這是第一招。

「九頭龍爆雷術」猙獰地行進過去後。

博爾岡全身冒出黑煙，但雙腳仍然踏穩了地面。

然而——

「這、這怎麼……可能……！」

他已經渾身是傷，無法正常應戰。

另外……剛才的那一招，對他而言多半已經是王牌。大概是因為王牌被輕而易舉地抵銷，讓「魔族」巨漢甚至忘了掩飾動搖。

博爾岡的身心都被逼得無路可逃，但他仍不死心。

他朝橫向一瞪，視線所向之處——

「咿！」

站著在一旁看著我這場戰鬥的吉妮。

「唔，喔喔喔喔喔喔喔喔喔喔！」

博爾岡發出怒吼，跑向吉妮。

「如我所料」，他試圖挾持她為人質。

吉妮似乎被衝向自己的「魔族」發出的魄力震懾住，無法動彈。

待在一旁的伊莉娜，也做不出任何行動來救她。

兩人的身心，都還不足以對抗這個時代的「魔族」。

「還沒呢！老子還沒完啊啊啊啊啊啊啊啊啊啊啊！」

博爾岡大聲呼喊，拉近與吉妮的距離。

剩下十步。九步、八步，接著——

在剩下七步時。

聽見嗶的一聲突兀聲響。

這一瞬間，博爾岡腳下顯現出魔法陣，白銀色的光柱直衝天際。

他束手無策地被這道光柱吞沒……

「不……可能……老子竟然……」

燒得焦黑的全身倒在了地上。

「這是第二招……哎呀，還早了一招就結束了呢。」

是我料到會有這樣的情形，事先施展了陷阱魔法。

他的行動幾乎全都不出我意料，然而……

對這個對手似乎高估了一招的份。我還有很大的進步空間。

「呼……妳還好嗎，吉妮同學？」

「素、素的。」

大概真的嚇著了吧。吉妮當場坐倒在地。

伊莉娜在她身旁鬆了一口氣。

「亞德真有一套！看起來那麼強的『魔族』，遇上亞德也是手到擒來！」

「承蒙妳誇獎，實為惶恐之至。」

我對露出笑容的伊莉娜一鞠躬。

這時周遭的人們，似乎也搞懂戰鬥已經結束……

「好、好猛啊……！」

「為什麼那種怪物會在後方支援啦……！」

「剛剛那個魔法也太威了吧……！」

眾人紛紛吐出讚美的言語。

果然非戰鬥人員，實在沒有估量實力的目光啊。

只不過解決那種程度的小角色，竟然就用看英雄似的眼神看我。

我所做的事情，只是算不上什麼功勞的小事——

「唔喔喔喔喔喔喔喔喔喔喔喔喔喔喔！敵人在哪裡啊啊啊啊啊啊啊啊！」……耳熟

的少女嘶吼聲敲打著耳膜。

轉頭看去，看見一個紅髮少女——席爾菲，站在離我們有點距離的地方。

她全身穿著輕便的皮甲，身上到處都有傷痕。

實實在在是一副從戰場上回來的模樣……但這不重要。

令我在意的是……

「看來我們來之前就解決了啊。」

莉迪亞站在席爾菲身旁。這讓我覺得非常不對勁。

她還是一樣，穿著平常穿的衣服上戰場。上身只有一塊布遮住胸部，白嫩的手臂與練得結實的腹肌都大膽地露出。下身則穿著寬鬆的褲子，沒有任何金屬。這個女人一點保護自己的想法都沒有。

她排斥穿鎧甲導致機動力下降，因此完全不穿戴任何護具，始終是攻擊攻擊再攻擊。攻擊就是最大的防禦，這就是莉迪亞的戰鬥哲學。

……就是因為我對此一清二楚，才覺得不可思議。

只不過是後方部隊遭到襲擊，莉迪亞會從前線回來嗎？

既然維達留在都市待命，現在這聯軍的總帥就是莉迪亞。

那麼照常理來說，她應該要待在後方，然而……這樣的常識對莉迪亞不管用。她是絕對

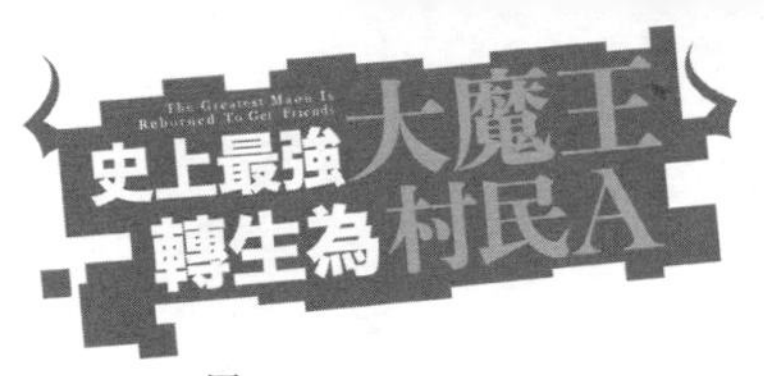

不能被敵軍拿下的總帥，卻特意將自己置之死地。然後帶著席爾菲等幾名近衛，以獨立友軍部隊的態勢，在戰場上縱橫馳騁，打亂戰況。

這點與我軍引以為傲的那個最強最可怕的戰鬥狂阿爾瓦特十分相似。

因此……當莉迪亞察覺後方部隊的危機時——

「喔，席爾菲！聽說後方不妙啊！」

「好，包在我身上啦！」

應該會經過這樣一段對話，然後只有席爾菲回來吧？

但現實不是這樣。

因為比任何人都希望一直待在前線戰鬥的莉迪亞，如今站在這裡。

我正對此懷抱強烈的疑問……

「……喂，亞德，這傢伙是你幹掉的嗎？」

她本人指著燒得焦黑倒地的敵將博爾岡。

「正是。」

「……你沒殺他吧？」

「是。因為我判斷這對手用不著我親手殺死。而且，即使是這種程度的武人，將領終究是將領。再考慮到有可能得到敵軍的情報，於是我選擇活捉。」

「是喔～……也就是說，你的實力足以不殺他，而是活捉他了？」

不知道為什麼，莉迪亞開心地笑了起來。

……這是怎麼回事，我總覺得雙方的認知沒對上啊。

「莉迪亞大人，請問，這個叫做博爾岡的將軍……應該是從底下算來比較快的角色，對吧？」

聽我這麼問，莉迪亞她——

「哼哼！」她發出笑聲，露出半是拿我沒轍的表情，搔了搔自己的一頭銀髮。

「才不是啦，笨蛋～你摺倒的這傢伙啊，是我們想拿下的總帥。」

「……啊？總帥？」

這傢伙？是總帥？

「唔唔唔唔！功勞被搶走啦！也不想想自己新來的，太囂張啦！」

席爾菲在稍遠的地方懊惱地跺腳。

「也就是說亞德就是這麼厲害！真不愧是我的亞德！竟然第一次上戰場就拿下總帥！」

伊莉娜得意地挺起雄偉的胸部，「哼」了一聲。

「也好，不管怎麼說，你這傢伙真不簡單。」

莉迪亞豪邁地哈哈大笑，連連拍著我的背稱讚我。我已經好久沒有跟她有過這樣的互

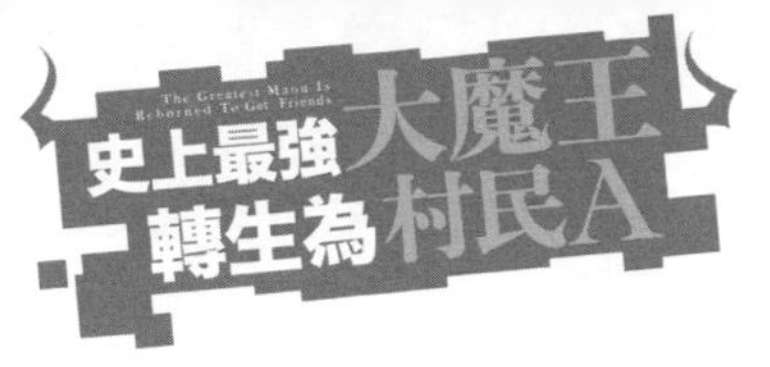

動，還以為再也不會有了，因此……怎麼說，也不會不高興。

可是……高興之餘，疑問也變得更強了。

這個博爾罔是總帥？這樣的人物來襲擊後方部隊，這件事本身，當成出奇制勝的策略是解釋得通。

然而，現在的我拿下這樣的他……是有可能的嗎？

換做是全盛期的我，還是瓦爾瓦德斯的時候，會有這樣的結果是當然的歸結。

然而，現在的我是亞德・梅堤歐爾。

是個才能只有古代平均水準的平凡村民。

……確實我有著身為前「魔王」的知識與經驗，而且從小就廢寢忘食地不斷努力。

然而，即使如此——

這樣培養出來的實力，足以輕而易舉地拿下這個時代的敵軍總帥嗎？

……我總覺得有種難以言喻的不對勁。

因此……

明明立下大功，急速接近目標，我卻無法由衷為此歡喜——

從前線都市乙太出發至今，連一天都還沒過。
時刻大概是介於下午與傍晚之間。
燦爛的太陽高掛在蒼穹色的晴空，將大地照得十分明亮。
這樣的情形下，在超短時間內結束整場戰鬥的莉迪亞／維達聯軍，留下大約半數的兵力駐守在簡易堡壘後，往前線都市乙太踏上了歸途。
說是今後會以這個簡易堡壘為據點，策劃攻略最大目標——「魔族」領土內的大都市阿爾美迪奧的作戰。
話說回來——
與出發時相比，歸途上的步調和緩許多。
說是由於部隊裡也有很多人因為之前的戰事而精疲力盡，也就配合他們，放慢了步調。
這樣的情形下，亞德·梅堤歐爾實實在在成了突然竄起的超新星。
「第一次上戰場就拿下總帥，根本沒聽過這種事啊！」
「不不不，這沒什麼大不了的。」

「謝謝你救了我們！這份恩情我將來一定會加倍報答！」

「哪裡哪裡，請不要放在心上。」

亞德被人們圍繞，感謝與稱讚有如雨點般灑向他。

他有點為難地露出笑容應對……

「哼哼～！我的亞德一出手，這點小事根本是家常便飯！」

「唔唔唔唔！不、不要得意忘形了！我拿下總帥的次數，可比他多得很！」

伊莉娜對圍繞亞德的人們，一臉得意地挺起胸膛。

席爾菲則對被人們讚不絕口的亞德，撂下不甘心的話。

另一方面，魅魔族少女吉妮，則從遠處看著亞德……

自豪地露出微笑。

（亞德果然好厲害……！）

當他受到人們讚賞，無論吉妮還是伊莉娜，都像自己受到讚賞似的高興。

這是當然的。看到喜歡的人活躍，不可能不這樣。

所以吉妮的心裡，滿心都是對亞德的讚賞，以及身為亞德友人的自豪。

——對這樣的她……

「問、問妳喔。妳啊，是他的朋友吧？」

有個人從一旁找她說話。是個年紀還很輕的少年。

（這是個連這麼小的孩子，都要上戰場的時代啊。）

（明明跟我差不了幾歲。）

吉妮重新感受到古代世界的嚴峻，對少年微笑著回答說：

「是啊，我是。我是亞德的朋友……應該說，我是他的第一號新娘♪」

「咦？新、新娘……？」

少年瞪大眼睛後，將露骨的失望顯露在臉上。

吉妮對這種事並不遲鈍。所以，她馬上就懂得了他的感情。

說得更明白點……是她對於男人不會這麼容易死心的這件事也很清楚。

「這、這樣啊～是喔～沒、沒關係啦，就先別管他了……我、我對妳有興趣啊！」

對方很直接地進逼。然而遺憾的是，吉妮對少年毫無興趣。

她完全不打算和亞德以外的異性建立這樣的關係。因此，她心想這種時候，應該盡快表明自己的意思，但才剛想到這裡……

「妳也像他一樣厲害吧？看妳這身裝備，也像是特製的嘛！」

這句話深深刺進吉妮心中，讓她閉上了嘴。

接著——

「像最後那時，妳差點被『魔族』攻擊……可、可是憑妳的實力，一定可以秒殺他吧？哎呀～真的，不知該說羨慕還是什麼呢！」

從少年的角度看來，多半就是在執行瘋狂讚美來討她歡心的作戰。

但很遺憾的，這帶來了反效果。

「……不，我一點都不厲害。」

聲調中摻雜著少許黯淡的情緒。

說不定也顯現在表情之中。

「咦？呃，這個……呃，對不起。」

大概是猜到再說下去，等著自己的就是致命的失敗。少年一臉尷尬道歉後，立刻逃命似的離開了。

吉妮看著這樣的他，嘆了一口氣。

（特別……是吧。根本不可能是這樣。）

（像剛剛也是……如果不是亞德救我，後果真讓人不敢想像。）

頭上的小翅膀低垂，就像在體現她的心境。

吉妮又嘆了一口氣，朝亞德看了一眼。他依然被許多人圍繞，身旁還看得到伊莉娜與席爾菲的身影。

……不知道是不是剛才與少年的對話導致的。

吉妮忍不住會想，自己有資格待在那個圈子裡嗎？

（亞德果然是特別的。）

（伊莉娜小姐，還有席爾菲小姐也是……）

（可是，我……我不一樣……跟大家……不一樣……）

吉妮也是屬於稀有種族魅魔族，才能非比尋常。

然而……他們三人，實在太不一樣。

亞德．梅堤歐爾是不用說了。

伊莉娜也有種不同於常人的光環。

席爾菲更是名留神話的「動盪的勇者」。

相較之下……吉妮這個人是多麼渺小。

在先前的戰事也是，不但沒派上用場，還差點扯了亞德的後腿。雖然那個少年說，吉妮即使受到「魔族」攻擊也能將對方秒殺，但根本不可能。是因為亞德的實力實在太超凡入聖，才讓吉妮不被擄為人質，平安收場。

（……真要說起來……）

（被挑上的……是我。對方想挾持來當人質的……不是伊莉娜小姐。）

（是覺得如果挑上我，就算被反擊也不可怕嗎？）

被這樣看扁，實在太令她不甘心。

（在場就屬我最弱，最沒有存在意義。）

（所以，才會被挑上……！）

她緊閉嘴唇，握緊拳頭。

（……我有資格待在亞德身旁嗎？）

（……有資格和伊莉娜小姐他們當朋友嗎？）

（我這個只會給他們添麻煩的凡人……要待在他們那些特別的人身旁——）

這種事情可以嗎？

就在她即將想到這個念頭之際——

「吉妮～～！妳怎麼一～臉陰沉啊～～～～！」

一個輕浮的說話聲剛鑽進耳裡。

捏。

吉妮豐滿的胸部，被人從背後一把抓住。

「哼嘿嘿嘿嘿，吉妮的胸部果然棒透啦！」

這個一邊發出下流笑聲，一邊揉吉妮胸部揉得起勁的人……

「咿！請、請不要這樣，莉迪亞大人！」

是傳說的「勇者」莉迪亞。

「好好好。」

聽吉妮這麼叫，沒想到她很乾脆地放開手。

然後——

「怎麼樣？憂鬱的心情緩和一點了吧？」

她來到吉妮身旁，抱住她的肩膀，露出太陽般耀眼的笑容。

知道她對自己費心，讓吉妮變得很過意不去。

彷彿察覺到吉妮這般心境，莉迪亞輕輕拍了拍她的肩說：

「妳在煩惱什麼呀～？跟我說說嘛。別看我這樣，我好歹人生經驗也比一般人豐富呢。搞不好，對妳的煩惱也——」

「您這麼特別，不會懂的。」

這是反射性脫口而出的話。

吐出這句話之後，吉妮才理解到自己的無禮，當場感到焦急。

「對、對不起……！我、我對『勇者』大人這麼無禮……！」

她趕緊道歉，但莉迪亞對此並不怎麼有興趣。

而是以率直的眼神看向吉妮……

「原來如此。原來妳是在為這種無聊得要命的事情煩惱啊。」

丟下這麼一句話。

無聊的事情。

自己的苦惱被她這樣一刀劈開……讓吉妮不由得怒氣上衝。

她雪白的臉頰因怒氣而泛紅，眼角不由自主地上揚。

（無聊？）

（看在妳這種特別中的特別人物眼裡，當然是這樣了！）

（妳又懂我什麼了……！）

吉妮很想喊出來，但還是硬忍下來。

然而——

「也對，打死我我也不會說自己平凡。所以，我絕對無法理解妳的苦惱。」

聽到這彷彿看穿自己心意的發言，讓吉妮睜圓了眼睛，看著莉迪亞的臉……她的眼神是多麼清澈啊。這女人平常像個色老頭，然而一旦她露出這種認真的表情，就讓人覺得簡直是個知悉世界真理的女神。

「妳認為自己很平凡。覺得自己和同伴們不是同種人……也就是擅自做了區分，覺得他們是不同世界的人。然後，妳就為了自己有沒有資格和他們在一起這種無聊的事情在煩惱，不是嗎？」

吉妮微微點了點頭。莉迪亞見狀，重重呼出一口氣。

「妳啊，知道四天王的奧莉維亞嗎？」

「知、知道。當然知道了。」

「那麼，妳覺得她特別嗎？」

「這……還用說嗎？要知道她可是……」

為「魔王」效命的傳說使徒。這不叫特別，又該叫什麼呢？

對這樣認為的吉妮而言，接下來莉迪亞所說的內容，實在令她難以置信。

「我跟她啊，偶爾會一起喝酒……有一天，她喝醉了，說出這樣的話來。說自己不特別，實在太平凡，討厭起自己來了。」

「咦……？奧莉維亞大人，這麼說……？」

「是啊……妳的表情像是不敢相信啊。不過妳就先聽我說完。」

莉迪亞這麼說，取下掛在腰間的一個皮袋，喝了一大口裡面的液體。然後把這個皮袋交給吉妮，繼續說：

「她沒有魔法的才能。除了種族特有的技能（skill）……暫時提昇身體機能之外，也沒什麼長處。所以以前，她三番兩次扯瓦爾的後腿，每次都暗地裡哭泣。」

吉妮看著莉迪亞遞給她的皮袋，聽著莉迪亞說話。

「我看當時的她，就跟現在的妳有著完全相同的苦惱吧。可是……她不放棄。她加強自己的長處，磨練劍術這個優勢……如今她已經位列四天王。她成了瓦爾的左右手、他的心腹。成了比任何人都更能支持他的人。」

這應該不是謊言吧。看著莉迪亞現在的眼神，想必這世上沒有一個人能說這是虛假的。

然而，即使是如此……

「……像我這點本事的人，即使不放棄地努力下去，會有辦法變成像奧莉維亞大人那樣的人物嗎？」

到頭來，不也只是因為奧莉維亞有特別的才能，才能有那樣的成就嗎？

喪氣的念頭，讓吉妮變得卑微。

莉迪亞對這樣的她……

「別在那邊講些有的沒的！」

發出犀利的呼喝——同時強而有力地在吉妮的屁股上拍了一記。

啪一聲響亮聲響響起，疼痛接踵而來。

「怎麼啦怎麼啦？」四周一陣譁然，視線集中看了過來，但吉妮因為太痛，根本沒有心思覺得羞恥。

「您、您做什麼啦……！」

吉妮淚眼汪汪地瞪著莉迪亞。但她絲毫不以為意，反而一臉不高興的表情，丟出這樣幾句話：

「講什麼特別還是平凡，這種事情根本不重要。高牆這種東西，是喪氣的心讓妳看到的錯覺。妳什麼都不用想，拚命往前跑就好了。這樣一來，將來有一天，妳會能夠回想起現在的自己，笑著覺得當時的自己真的是為了一些很蠢的念頭在煩惱，這樣的時候遲早會來的。」

接著莉迪亞平靜地笑著說：

「不要彆扭個沒完沒了，總之動起來再說。要從扯同伴後腿的人，變成能讓同伴依靠的人，唯一的方法就是動起來。因為不管妳怎麼煩惱，都絕對不可能讓現在的妳改變。」

她的話，還有她的笑容，有種不可思議的魅力與說服力。

「說得……也是。」

苦惱並不是就此消失。也很難說就這麼想開了。

可是……

吉妮想到，要和只會煩惱的自己訣別。

她看著先前莉迪亞遞給她的皮袋……

然後一口氣把裡面的液體喝光。

是很烈的蒸餾酒。喉嚨像是有火在燒。

然而——

「這個挺好喝的呢。」

無論是火燒的感覺，還是屁股上熱辣辣的痛。

現在都讓她覺得有點舒暢。

「哈哈！懂得這玩意兒的好，就證明妳是個好女人啊。」

莉迪亞伸手來勾肩搭背，吉妮回以微笑。

這個人果然是傳說的「勇者」，會不容分說地改變周遭的人們。

會引導人們走向更好的方向。

所以這個人才會被稱為「勇者」吧。

……不管怎麼說……

吉妮產生了些許脫胎換骨似的感覺——

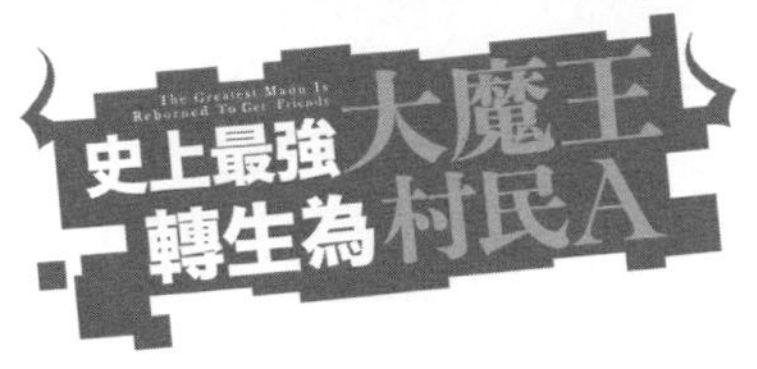

我自己對這次的事，並未做出高度評價。

但上頭……說穿了就是這個時代的我，似乎有不同的想法。

「魔王」瓦爾瓦德斯對這次的功勞給予高度的肯定，要求我們直接去謁見。說是要給我勳章，還有給予嘉許。

這對我們來說求之不得。

儘管途徑未免太超出當初的意料……

但這樣一來，就能達成見到「魔王」的目的。

而到了出發的當天早上。

我們神馳於回歸現代的這個終極目標，坐上了馬車。

第四十五話　前「魔王」與過去的「魔王」

時刻是早晨。

朝霧尚未散去，我們就坐上馬車，準備前往「魔王」直轄地中央的王都金士格瑞弗。

「對了，莉迪姊姊，之前妳教我的那個……可以變大的體操，那個，真的有效嗎？」

「……我從以前不就常常告訴妳說心誠則靈嗎？人類這種生物，只要相信自己的可能性，不斷努力……要變成什麼都辦得到。沒錯……很小的人，也能變大。」

「莉迪姊姊……！我會努力的！」

「很好，我很期待妳的成長。」

對面的座位上，兩人笑著談論這些傻話。

如果只看畫面，這光景像是美麗的大姊頭，在鼓勵受到挫折的小妹，然而……

實情卻是「想讓乳房長大的貧乳女」與「鼓勵她的變態性慾魔人」。

因此，我一點都不覺得這是什麼美麗的光景。

……這兩人就是先前那場戰事的總帥與副官，因此最大的功勞是歸她們兩人。丟下她們

兩人，只有我們三個去謁見國王陛下(瓦爾瓦德斯)，實在不合軍中的倫理。

所以，我們就和莉迪亞與席爾菲兩人，一起前往目的地，然而……

從上了馬車後，坐在我兩側的兩人……伊莉娜與吉妮都不發一語。

她們兩人都臉色鐵青，全身發抖。

想來多半是出於對謁見「魔王」這事件感到緊張。

即使在古代，「魔王」……也就是前世的我，都是崇拜與畏懼的對象。現代則因為被神格化，讓敬畏的感情更上一層樓。

她們兩人就是出身於這樣的時代。

謁見世界最大宗教的主神……這會對她們兩人帶來多麼強烈的不安與緊張，我甚至無從想像。

不管怎麼說……平靜的路途順利走完，我們抵達了目的地。

瓦爾迪亞帝國王都——金士格瑞弗。

如前所述，統治這個地方的就是過去的我。因此接下來所說的話，全都會變成在自誇，然而……

我還是要說。這金士格瑞弗，別說國內，即使找遍整個古代世界，仍是有著最高度發展的都市。

為了打造出這個大都市並且維持，真不知道花了我多少心血。

但這些心血沒有白費，王都隨時都充滿了非比尋常的活力，我敢斷定這裡已經成長為最頂尖的都市。

我們走在這金士格瑞弗的大道上，抵達了我座落於都市正中央的城堡……「千年堡（Castle Millennion）」。

我已經很久沒有看見自己的居城……

還請各位讓我再自誇一次。

我的城堡，果然很厲害。

在這個時代，建築物是靠魔法建造的。這是個只要建構專用術式，灌注魔力，任何人都能輕易建造出建築物的時代。

大概就是因為這樣，這個時代的人作風都很粗糙。

古代幾乎沒有人會把藝術的概念，套用在建築物上。

在這樣的時代，瓦爾瓦德斯這個人，實實在在是個異類。

「哇……！這、這就是傳說中的『千年堡』……！」

「真、真的是最棒的城堡，配得上那位大人的居城……！」

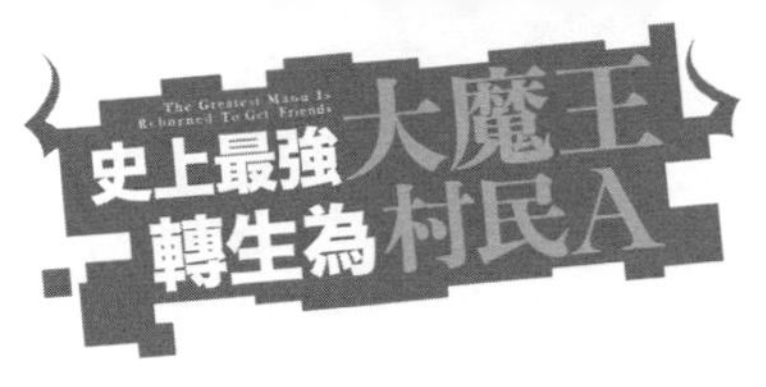

伊莉娜與吉妮似乎也被我城堡的魅力震懾住。

哼哼，很美吧，很雄偉吧，而且最重要的是──很帥氣吧，我這座城堡。

後世的人們將這「千年堡」，評為古代最初也是最顛峰的建築藝術，還說是將對建築追求藝術的想法普及於世的契機。

而打造出這座城堡的人……就是我。從基礎設計到詳細造型設計，從頭到尾都是我一個人打造出來的。

而我當然也敢斷定，這座由我打造，由我自己居住的最頂尖城堡，在功能性方面也是史上最頂尖。

這座「千年堡」並非只有帥氣。

「千年堡」被賦予了約十萬三千道魔法術式，一但有事發生將化身為無敵的要塞。

我至今已做過各式各樣的物品……我想最顛峰的兵器恐怕還是這座「千年堡」。

我們被莉迪亞等人帶領著，走進這座超美麗又超頂尖的我的城堡內部。

「裡、裡面也很厲害呢。」

「我從沒見過如此適合用豪華絢爛一詞形容的內觀呢……」

哼哼。對吧、對吧。

只要外觀好就沒問題──我毫無一絲這種妥協。

不僅是外觀，連內部也是，這座城的外型與實用性，雙方都很完美。

……哎呀，雖這麼說，關於內部實用性這一點・老實說，在完成當初就算是恭維也無法說很好。替我注意到這一點的是……

「哼！這種城，不過就是很大，一點趣味性也沒有嘛！莉迪姊姊建造的城堡比這棒一百萬倍！」

像這樣，說出這般毫無道理的話的笨蛋——就是席爾菲。

沒錯，那是發生在這座「千年堡」完成不過數日的事。

當時的我由於建造出實在過於頂尖的城，顯露出了不成熟的內心。

也就是……對於他人，我想炫耀我製造出的東西想得不得了。

已經不只是對姊姊奧莉維亞，甚至到了連腦袋有問題的維達和阿爾瓦特，我都從遠方叫回來開發表會的程度。

……回想起來，當時我還真是個不知羞恥的傢伙啊。

不只是那個奧莉維亞，連腦袋有問題的維達和阿爾瓦特都——

「呃，哎呀，不管是誰都會有沖昏頭的時候呢。」

或是……

「哎呀呀，主上對於美的品味真的相當優秀呢……話說，我可以回去了嗎？」

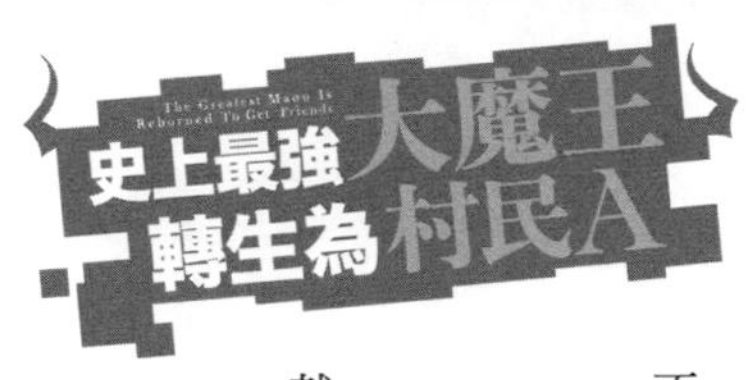

之類的。

身為知道那些傢伙平常作為的人，他們令人不可置信地在顧慮我。

在那之中，莉迪亞和席爾菲也來了。

「如何啊，我的城堡？無須顧忌，說出感想吧。」

我一邊滿心期待著被誇讚，一邊心神不寧地詢問她們倆。

莉迪亞雙手扠腰，瞻望冠冕堂皇的「千年堡」說：

「哦~這城堡挺不錯的嘛。下次也打造一座城堡給我。」

「好啊好啊，要什麼我都打造給妳，我的心靈之友。」

看到我平常絕對不會露出的這種態度，莉迪亞顯得敬謝不敏，然而……

相對的，席爾菲從認識時就一直對我燃燒對抗心態，我被莉迪亞稱讚，似乎讓她懊惱得不得了。

「這、這種城堡，根本就沒什麼大不了的！」

「……妳說什麼？」

「哼！說什麼固若金湯，史上最頂尖的城堡咧！笑死人！只要我出手，用不上三天，我就可以把這裡砸爛！」

聽到這挑釁的話，我幼稚地這麼回答：

「哦～那麼笨蛋──更正，我是說席爾菲啊！妳就在三天之內攻略這座城堡看看！如果妳能辦到，我就給妳一個獎賞！可是，如果沒能辦到，妳可要做好覺悟！我會讓妳後悔自己曾經嘲笑我的城堡！」

在這樣的對話後，席爾菲開始了她的「千年堡」攻略戰……我本來以為是這樣。實際上卻過得很平靜，很快地過了兩天。起初我還做了各式各樣的準備，以便因應席爾菲的猛攻……但這一切都白忙了。

那個笨蛋大概是冷靜下來，仔細考慮之後，想到要攻陷我的城堡根本是不可能的吧。想必現在她正努力編造藉口，好減輕我要給她的處罰。

當時我是這樣想的……但我錯得離譜。

席爾菲這個笨蛋，永遠會往更低等的方向超出我的預期。

……當我迎來第三天，已經根本沒把席爾菲放在心上。

我忙於處理身為帝王要處理的大量政務之餘，感受著城堡住起來有多麼舒適。正當我過著這相當充實的一天……

啪。

一聲異常的聲響，毫無預兆地響起……

啪！

啪！啪！啪！啪！啪！啪！啪！啪。

啪啪啪啪啪啪啪啪啪啪啪啪啪啪啪啪啪啪啪啪啪啪啪啪啪啪啪啪啪啪啪啪啪啪啪……

怪聲劇烈地連續響起後，我說出：「不會吧？」接著就在下一瞬間——

轟～～～～～～～～～～～～～～～！

一陣超高熱與超強光的風暴掀起……

我的「千年堡」。

我嘔心瀝血打造出來的最高傑作。

我當成了自己小孩，想對所有人炫耀的至高作品。

在短短一瞬間，就化為了一堆斷垣殘壁。

被燒得焦黑的我，茫然呆立了良久，但當我想到製造出這個狀況的罪魁禍首臉孔，立刻反射性地發動了瞬間移動魔法。

我轉移到席爾菲身前。

「啊哈哈哈哈！看你這樣子，似乎已經確定是我贏了啊！」

席爾菲指著我哈哈大笑。

「你只顧著對外，內部根本都不設防！不管實力再怎麼強大，都很怕內部出亂子啊！你連這種事情都不懂，果然沒什麼了不起啦～～～～～～！噗噗噗～～～～～～～！」

席爾菲手舞足蹈地嘲笑我。

……非常遺憾的是我沒有反駁的餘地。

我反而很感謝她。

如果在席爾菲這麼做之前，就先被敵人來上這麼一手……

也許就會造成莫大的損害。

她讓我知道我的城堡脆弱在那裡。因此——

「席爾菲啊，我就遵守約定，給妳一個獎賞。」

「哎呀，是什麼獎賞？我比較想看你對我下跪道歉喔！再不然就是脫光衣服跳著舞對我道歉！三天三夜跳著舞對我說：『席爾菲大人～是我太愚昧～太無能，根本比不上席爾菲大人～～』呀哈哈哈哈！光用想的都覺得好笑！」

席爾菲拍著大腿哈哈大笑，我對她露出微笑。

「嗯，關於要給妳的獎賞————我就賞妳拳頭（這個）！妳這個混蛋大白痴啊啊啊啊啊啊啊啊啊啊啊啊啊啊啊啊啊啊啊啊啊啊啊啊啊啊啊啊啊！」

我使出渾身解數的一拳，打在席爾菲的腦門。

感謝？是啊，我是感謝妳。但這是兩碼子事。

一個混帳砸掉了我血汗、淚水與愛的結晶，我能給她的也就只有充滿憎惡的這一招。

「……怎麼啦？新來的，我臉上沾到什麼東西了嗎？」

「……沒有，什麼事都沒有。」

我說不出口。

一想起這件事我就火大，所以很想再賞她一拳，這種話我絕對說不出口。

不管怎麼說……

我們在莉迪亞的帶領下，在城堡中前進。

伊莉娜與吉妮她們都顯得極為緊張。

「終、終於……要……！」

「是、是啊……真、真沒想到……會有機會……拜見那位大人的……龍顏……」

兩人直冒冷汗，我正想找些話來跟她們說，結果——

就在我正要開口時——

一陣犀利的殺氣湧來。

剎那間，我反射性地發動防禦魔法。

是高階的防禦魔法「鉅級領域術」。

一道半透明的屏障，不只是我，把我們這群人都遮蔽住。

一會兒後，有著灼熱色彩的波動撞在屏障上。

緊接著四周一片轟隆巨響，接著屏障與波動相碰而產生的衝擊破，毀壞了四周的一切。

看來我的防禦魔法，完全擋住了對方的攻擊。

只是屏障也瀕臨粉碎……

這個狀態，顯示出了攻擊者的實力。

「哼哈哈，善哉善哉。真沒想到你竟能完全擋下剛才那一招。」

正前方的襲擊者，說出這樣的話來。

衝擊波造成的破壞掀起了塵土，讓我無法看到來人是誰，然而……

這演戲般的口氣，以及具磁性的中性嗓音，讓我猜到了來人是誰。

「……久仰您的種種事蹟。然而——」

過了一會兒，塵土漸漸散落，開始看得見站在前方的人是誰。

而我在他的身影完全顯露出來前——

以銳利的眼神放話：

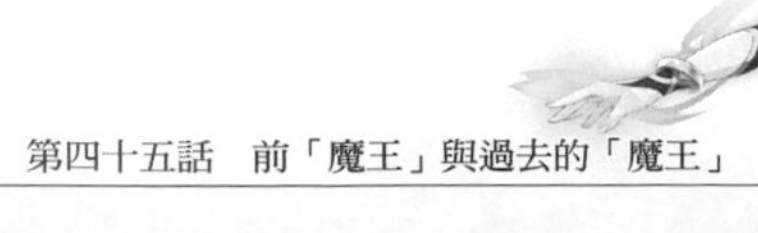

「以歡迎新兵而言，會不會太激進了些？……阿爾瓦特大人。」

我叫出這個名字的同時，一陣風吹過，塵土形成的薄紗當場散去。

「希望你能懂得，愈激進就表示我對你的愛愈深。畢竟我這個人，就是只能用這種方式表達我的愛情……一看到像你這樣太出色的戰士，就會忍不住想殺（愛）了你。」

他站在空曠的通道正中央，說出瘋狂的話語。

他的名字是阿爾瓦特——阿爾瓦特・艾格傑克斯。

是四天王最強的男人……也是個瘋癲的戰鬥狂。

如果要用一句話來形容他的外表，大概就是野性的美貌吧。

他修長的身上，穿著以黑色與金色為基調的裝束。

面孔乍看之下就像個美女，朱紅的嘴唇散發出美豔的性感氣息。

身為我軍的王牌，同時也是肉中之刺的這個男人，仍舊用演戲般的語氣說下去：

「哎呀，不過還真是超乎意料，讓我愈看愈迷上你了。本來打算偷吃個一兩口就好……但我似乎會忍不住當真啊。」

他全身發出的凶惡殺氣，變得更加強烈。

「咿……！」

伊莉娜與吉妮似乎再也承受不住，當場坐倒。

就在這一瞬間——

「真拿你沒轍……你這傢伙還是死性不改啊。」

莉迪亞不改泰然自若的神色，靜靜地這麼一開口……

下一瞬間，她的身影已經消失。

這一跨步實是快如電光石火。莉迪亞以連我都看不見的神速，直逼到阿爾瓦特身前……不，並不是單純接近。

不知不覺間，她的右手已經握著愛劍瓦爾特．加利裘拉斯，白銀的劍尖抵在阿爾瓦特的頸子上。

「你要是那麼想打架……就由我奉陪喔。」

她的嗓音冰冷得令人背脊都要凍僵。然而，這對阿爾瓦特起了反效果。看來他不但並未被震懾住，甚至還提昇了戰鬥意欲，瘋狂的笑容變得更深了。

「有『勇者』陪我，我自然不會挑剔。然而……現在的我，比起已知的美味，更想享受未知的至上喔。」

「……你覺得我會容許你這樣？」

雙方皆露出好戰的笑容，互相瞪視。

場面一觸即發。就在這戰鬥隨時可能在下一秒爆發的緊張時刻。

這最緊張的場面下。

「為什麼你們幾個老是愛鬧事？」

有如一陣壯麗大風的凜然美聲，撕開了場上的空氣。

不知不覺間，所有人的注意力都集中到了說話聲傳來的方向。

這第三者的存在感就是如此強大，讓每個人都不由自主地這麼做。

這個帶著幾名強悍騎士登場的人物，名字叫做——

「好久不見啦，瓦仔。」

「哼哼，本日您也如此美麗呀，主上。」

這個時代的我。

也就是——「魔王」瓦爾瓦德斯。

「他、他就是……！」

「啊哇哇哇哇哇……！」

當伊莉娜目視到過去的我那一瞬間，立刻睜圓了眼睛，臉紅得像蘋果一樣……至於吉妮，更是口吐白沫地昏倒。

後世對於「魔王」的容貌，大多都是如此形容。

走過的地面會開出大朵的花，光是存在都能讓穢氣淨化，卑屈之人光是見到他的威儀，都會當場誓言改頭換面。

說他是史上罕見的美形，不分男女老幼看了都會著迷。

另外，流傳到後世的傳承中，也記載著見過「魔王」美貌的人，大多都因為他實在太美，當場看得昏倒。

……關於古代世界的文獻，有相當多是錯誤的記載。

不過只有關於這個時代的我的容貌，實際上就如文獻所記載。

過去的我為了彰顯王者的威儀，身穿莊嚴的黑衣。這套光鮮亮麗的服裝，若是平凡人穿上，都會相形見拙，然而……

「魔王」的容貌，卻美得能讓這樣的衣服都顯得樸素。

他的外表完全沒有男子氣概。比現在的我矮了一個頭，以男性來說身材很嬌小。稚氣未脫的白嫩臉頰實在太美、太惹人憐愛，讓人錯以為背景開著無數花朵。留到腰間的亮麗白髮是那麼柔順，就像一條美麗的河川。

無論如何找出任何一個部分來看，都只說得出美這個字。

這樣的「魔王」瓦爾瓦德斯，瞪著阿爾瓦特，張開桃色的嘴唇說：

「我可不記得有找你來。」

「正是正是，您自然不會記得找我來了。但正因如此，我才對陛下心感遺憾。您不但最

近對我冷淡，更不再把尋訪優秀人才的職務交給我。此事委實可嘆。」

「……過去讓你先看過，可不知道毀了多少人才。因此我才打算祕密接見這些人，但你還是老樣子，對這種事情鼻子靈得很。」

「承蒙主上誇獎，微臣惶恐之至。」

「誰稱讚你了，蠢材。」

他由衷厭惡似的重重嘆了一口氣。我畢竟跟他是同一人物，對他這種感情有著痛切的體會。這個戰鬥狂真的是很麻煩啊。

「……總之，你回去。不然——」

「不然？」

「今後我就完全無視你，不管你做什麼我都不理你。如果你無所謂，儘管隨你便。」

聽到這幾句話，阿爾瓦特露出像是為難至極，卻又顯得開心的笑容。

「這可厲害了，這幾句話可真打中了我的要害啊。您現在就已經不怎麼理會，要是更變本加厲……我可會寂寞得要死啊。」

「你儘管死，我是無所謂……那麼，你的回答呢？」

阿爾瓦特投降似的，對瞇起眼睛的「魔王」舉起了雙手。

「我明白了，這次我就退下吧。別了，我親愛的主上。」

他剛說完這句令人不舒服的話，身影忽然消失。

多半是用了轉移魔法吧。在這個時代也不怎麼稀奇。

「……那麼……」

當阿爾瓦特這個風暴般的變態離開後，過去的我看了過來。

「啊嗚！」

被他這麼一看，伊莉娜發出怪聲，惹人憐愛的臉更加紅了。

……我活了很久，這還是第一次對自己產生嫉妒。

我咀嚼著這無比奇妙的感覺，和過去的自己對看了一眼。

「……你就是亞德·梅堤歐爾？」

「……正是，陛下。」

無比複雜的念頭，在我胸中來去。

不管怎麼說……

這趟時光旅行，應該會就此迎來尾聲吧？

之後我們當然不會站著把所有事情談完，我們在「魔王」的帶領下，走在通道上。

「只是話說回來，真的好久不見啦喂。」

「……妳還是一樣愛跟人裝熟啊。」

莉迪亞勾肩搭背，過去的我露出嫌麻煩的表情。

然而莉迪亞完全不放在心上，露出滿面開心的笑容。

「你差不多開始想念我了吧～？畢竟你除了我以外，都沒有朋友嘛～」

「……誰跟妳是朋友了？妳對我來說只是個客將。」

「少來了～你這傢伙就是不老實。」

莉迪亞用拳頭往他臉頰上蹭，過去的我厭煩地瞪她。

看到這樣的光景，席爾菲大概是嫉妒，「呸」的一聲吐口水，伊莉娜與吉妮則維持沉默，似乎看得入神了。

至於我呢……

面臨這堪稱最後一段幸福時光的過去狀況，在懷抱悲情的同時——

產生了更強的「畏懼念頭」。

這個原因……就在於這群隨侍在我身旁的強悍騎士。

以玫瑰騎士里維格為首的這群人，個個是肌肉發達的美男子。他們的目光，都不約而同地瞪著莉迪亞，視線中灌注了強烈得無以復加的殺意。

原因很簡單……因為這些傢伙，一個個都盯上了我的屁股。

當時的我實在太美，因此女人都不會靠近我。

說是沒有辦法把我當成異性看待，或者應該說，沒辦法覺得我同樣是人類。

另外，企圖安排政治聯姻的那些傢伙，似乎也是一看到我的外貌，就覺得「我們家女兒終究配不上」而死心，甚至沒有一個人來找我談這種事情。

於是，前世我根本沒有一丁點和異性接觸的機會，然而……

相對的，這些傢伙們則把我團團圍得固若金湯。

當時我對他們並沒有多想什麼，但如今知道這些傢伙的本性，他們的一舉手、投足就讓我在意得不得了。

都因為這樣，授勳儀式的簡易典禮，我根本心不在焉。

之後我們在「魔王」的帶領下，前往會客室。

我們一邊接受這個時代獨特風格的款待，一邊歡談。

每個人各自隨意躺在床上，過去的我也趴了下來，感到放鬆地不禁呼出氣息……對過去的我，一名部下（肌肉人）開口問道：

「陛下，請問要喝什麼飲料？」

「麻煩給我果汁水。」

「遵命。」

如果只看這段對話，並沒有什麼奇特。然而……

那個肌肉人，始終只看著我的屁股。

因此，我隨時都覺得背脊毛毛的。

「陛下，微臣端了輕食來。」

「嗯，辛苦了。」

好近。臉好近。沒有需要靠得那麼近吧。

而且其他那些部下也都很噁心啊，不要一臉羨慕的表情。還有，站在右側的你，剛剛明明就想裝作若無其事地偷摸過去的我的屁股吧。

真要追根究柢，最該怪的就是過去的我。

你現在是怎樣，表現得嚴格點啊。

不要趴在那邊幸福地喝著飲料。

腳不要盪來盪去，你當自己是可愛的女生嗎？

就是你這種態度，才會不斷撩撥起部下的情慾。

「陛、陛下……！請、請問要不要按摩呢？」

「什麼！你說按摩！」

「你這混帳，不准造次！陛下的屁……陛下的龍體豈可碰觸！」

一群糟糕的傢伙，為了糟糕的理由互相較勁。看在現在的我眼裡，只覺得這光景實在噁心，然而……

「你、你們為什麼那麼生氣？」

由於過去的我什麼都還不知情，就只是看得呆愣。

所謂目不忍睹，大概就是指這種情形吧。之後我再偷偷把真相告訴他……不對，只有這傢伙不用有之後的辛苦，又讓我不爽。還是故意不說破吧。

你也好好品嚐跟我一樣的痛苦吧。

我內心翻騰著負面的情緒，身旁的伊莉娜則與吉妮竊竊私語。

「跟、跟我原本的想像完全不一樣呢，『魔王』大人。遠比想像中……更漂亮。」

「妳在說什麼啊，伊莉娜小姐？漂亮？妳竟然用那麼陳腔濫調的話來形容『魔王』大人，簡直罪該萬死。」

「不然是要怎麼形容啦？」

「我想想……把『魔王』當成一個形容詞，用來形容無上的美，如何？例句就像，『魔王』大人真的很『魔王』？」

「這樣根本莫名其妙啦……」

她們話題的中心依然是「魔王」。看到她們——尤其是伊莉娜小妹妹，心思被其他男人占據，這樣的現況讓我極不愉快。

……雖然嚴格說來，並不算其他男人，而是我。是同一人物沒錯。

正當我想著這樣的念頭——

「……『魔王』？」

過去的我似乎耳朵很靈，聽見了伊莉娜與吉妮的閒聊。

他的美貌上多了幾分困惑，開口問起：

「那邊的兩位小姑娘，妳們說『魔王』是怎麼回事？」

「「咦？」」

她們似乎萬萬沒想到會被叫到。

兩人一起當場僵住，一句話都說不出口。

我代替她們回答：

「她們只是說出了陛下的外號。大街小巷裡都是這樣稱呼陛下，陛下不知情嗎？」

「……你說我是『魔王』？」

他臉上疑惑的神色更加濃厚。真奇怪啊，他的態度為什麼會這樣？

從時代背景來看，我還以為「魔王」這個外號已經普及。

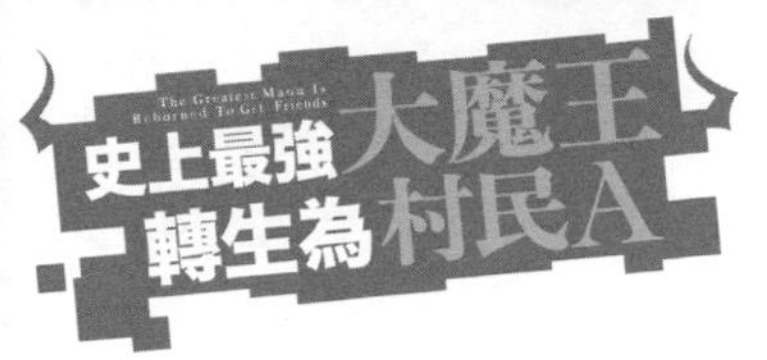

然而過去的我卻一副第一次聽說這件事的模樣。

這是怎麼——

「民間是這麼稱呼我的？……若此話當真，那就奇怪了。」

接著他說出的話，內容相當令我震驚。

「被稱為『魔王』的另有其人。為什麼大家會用一樣的外號叫我？」

第四十六話　前「魔王」，逼近真相

那個自稱的神，提示我們兩個目的。

找出歧異點，修正歷史。

去見「魔王」。

我們推想，達成這兩個目的，就能夠回到原來的時代，於是先以見到「魔王」為主要目的，並為了收集所謂歧異點的情報，加入維達麾下。

結果卻在意想不到的情形下與莉迪亞重逢，又以意想不到的情況立了功勞……於是我們達成了見「魔王」的目的……

本來以為是這樣。

「『魔王』另有其人？」

我反芻著過去的我就在我面前說出的這句話。

……對我來說，「魔王」這個字眼，指的就是過去的自己，也就是瓦爾瓦德斯。

除此之外，我記憶中並沒有其他人被以「魔王」這個稱號來稱呼。

「……怎麼啦？」

過去的我丟出這麼一句短短的問句。對此我的反應是……

「不，沒有。是我胡言亂語，非常抱歉。」

我很快地講完這幾句話，像是要結束這個話題。過去的我似乎看出了些什麼，但或許正因如此才閉上嘴，並不繼續追問。

……我想到，應該最好盡量避免要求他解釋我記憶中所沒有的「魔王」。

從瓦爾瓦德斯的反應看來，「魔王」應該是人盡皆知的人物。而我說出不知道這個人物，就會被懷疑身分，必然就得說明自己的來歷。

即使眼前這個我相信我說的話……也很難預料他會做出什麼行動。

當時的我，徹頭徹尾身為一個王而活。

因此，為了保護國家、保護人民，什麼事情都會做。

而且……會徹底冷酷無情。

從未來跑來修正歷史的人，看在過去的我眼裡，會是什麼模樣……這點就連我這個當事人自己都不明白。有可能會被當成危險人物看待，好一點是受到監視，最糟還會被指定為暗殺的對象。

因此……詳情只能問她了。

問那個天才天災少女。

之後我們結束談笑，回到前線都市乙太。

路途中，伊莉娜與吉妮始終無言。

她們也跟我一樣，對「魔王」問題百思不解。

而我們為了解決這個疑問，前往維達的所在處。

我們對莉迪亞與席爾菲說了「維達大人好歹是我們的主子，我們有義務報告在王宮發生的事情」這種煞有其事的理由，暫時和她們道別。

然後現在，我們待在維達奇妙的宅邸兼研究所的客廳，對躺在床上的維達說明情形——

「啊～果然啊。」

維達不當一回事，很乾脆地這麼說。

「您說果然是指？」

「就是指你們所說的『魔王』，和我們知道的『魔王』，我們對這件事的認知沒對上。你們說想見『魔王』的時候，我就覺得奇怪，果然如我所料啊。」

「……既然您都發現了，為什麼不早點告訴我們？」

「我本來有想告訴你們啊。可是啊～我還沒說，席爾菲就跑來，所以就沒機會說了。雖

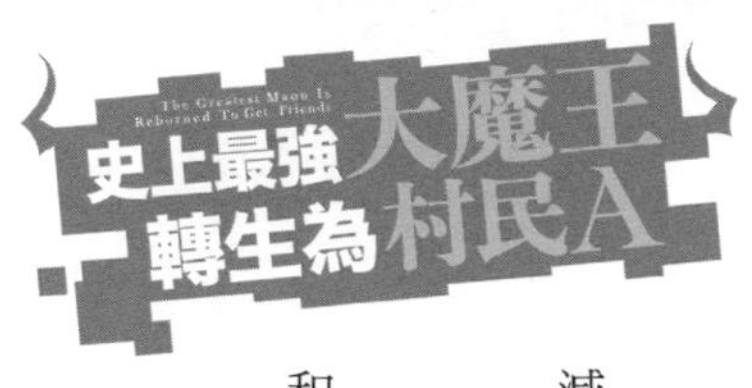

然後來也是有機會說啦……不過坦白說，這對我來說又不重要～」

維達在床上滾來滾去。

她這模樣讓我愈看愈不爽……但要是對她一舉一動都覺得不爽，就會沒完沒了。

我清了清嗓子，要維達提供「魔王」的情報。

結果我得到的情報如下：

一、「魔王」是在三年前突然出現，擅自占領了位於「外界神」支配領土與我國支配領土的夾縫間、國境附近的土地。

這塊土地，位於離前線都市乙太極近的地方。

二、「魔王」擁有製造無數魔物的力量。因此他的軍勢完全由魔物構成……無論如何削減魔物的數量，都會立刻補充回去。

三、「魔王」的目的並不明確。他做出的行動不只是和「外界神」與「魔族」敵對，也和我國敵對，即使展開交涉，他也置之不理。

另外，他的行動，製造出了和我所知的歷史不太一樣的狀況……從這樣的情形來判斷，自稱神所說的歧異點，疑似就是指「魔王」。

四、「魔王」現在對我方而言成了靜觀的對象。

瓦爾瓦德斯一度與其交戰，但未能徹底擊倒對方，之後便不再強行進攻，貫徹靜觀的態勢。

「魔王」有著強大的不死性，我方正在解析其中的祕密。除非解析完畢，又或者是……對方採取會造成嚴重問題的行動，否則我方不會對「魔王」展開討伐。

……這四點當中，對我們而言最重大的一點，多半就是第四點的情報了。

「我們一直誤會了那個自稱神的話。他要我們找出歧異點，修正歷史，去見『魔王』。我們把這幾句話，認知為不同的目的……但看來似乎是同一個目的。」

因此自稱神所提出的……讓我們回到原來時代的條件……

「要我們去討伐扭曲了歷史的『魔王』，把這個世界修正回本來該有的樣貌。這大概就是讓我們歸還的條件了吧……」

「連瓦爾瓦德斯大人都打不倒的人，我們要如何才能打倒啊……」

伊莉娜眼角低垂，說得垂頭喪氣。

她說得沒錯。

既然要應付的，是連這個時代的我——全盛期的瓦爾瓦德斯都殺不死的對手，現在的我多半也不可能隻身殺去打倒對方。

因此，討伐「魔王」不是只靠我們就能辦到的事情。

「……動員瓦爾迪亞帝國全軍，而且陛下與四天王等諸位強將傾巢而出。如果不形成這樣的狀況，要討伐『魔王』多半是不可能的吧。」

關於維達所說的「魔王」的不死性，我其實心裡有底。

相信這個時代的我也已經想到了。

也就是說——對過去的我而言，「魔王」是只要對風險做出覺悟，就有可能排除的敵手。

過去的我，對「魔王」並未抱持如此強烈的危機感。

但他仍然選擇置之不理，這也就表示……

他認為最優先討伐對象，依然是「外界神」。

……這個判斷是對的。

不同於完全以敵對態勢君臨的「外界神」，「魔王」只不過是危險分子。既然如此，就不是寧可扛起風險也要擊潰的對象。不，豈止如此，甚至覺得現在不應該出兵討伐也不奇怪。

既然「魔王」擁有能夠無限創造兵力的能力，也就必然會形成消耗戰。

即使在最後贏得勝利……「魔族」大軍應該也會趁我軍精疲力盡的瞬間展開奇襲。

假設狀況演變成這樣，戰力還足以擊退敵軍嗎？

誰也不知道答案。

重要的是，至少有些許的風險存在。

過去的我，肯定不打算背負這個風險。

無論當時還是現在，我都比任何人更加慎重、更加像一隻小鹿般膽小。

「……想來陛下應該不會只因為一些小事就展開行動吧。」

「應該是吧～小瓦他責任感強得像個白痴一樣，連一個小兵的性命都會很珍惜嘛～不過這種善良，我也不討厭就是了啦……我覺得要照你們的期望讓小瓦有所行動，應該會相當困難喔。」

聽到維達這麼說，我們不得不沉默。

寂靜籠罩住整個場面良久……

打破沉默的是吉妮。

「要不要試著對『魔王』大人……不……我是說對陛下，揭曉我們的來歷？然後再說明『魔王』的危險性……」

我手按下巴，細細思量。

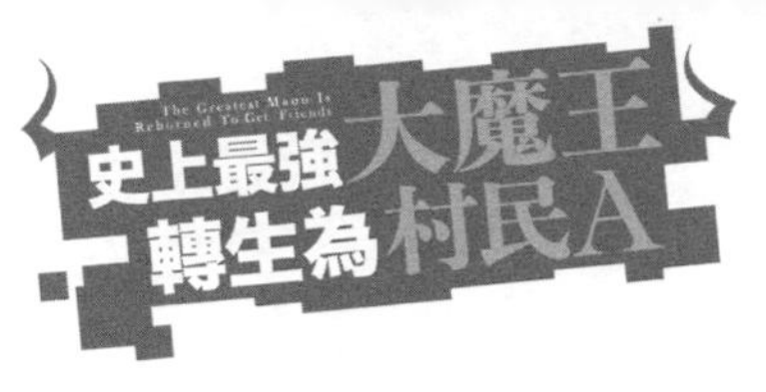

揭曉來歷，無論如何避免，都還是會有風險。

然而……大概已經不得不這麼做了吧。

吉妮說得沒錯，除了採取更直接的行動，我們已經不剩其他選擇。

但話說回來——

「就照吉妮同學的方案進行吧。可是……要讓這個方案成功，陛下對我們的信賴還不夠。陛下為人極為慎重，怎麼想都不覺得他聽得進無法信任的人說的話。」

「這麼說來……只要更加活躍，得到陛下的歡心就行了？」

「算是吧。立下功勞後，多半還是得說服他，不過……關於後者，就請包在我身上。」

對手始終是過去的我。要如何才能說服他，最清楚的人就是我。

只要帶著天大的功勞當伴手禮，就有可能說服成功……希望如此。

「問題是，要如何立下大功。問題全都在這一點上吧。」

總不會就有這麼巧，對方的主力剛好在這時跑來進攻——

我才剛想說不可能……

「亞德在嗎，喂！」

這句口氣粗暴的話傳進耳裡的同時，房間的門被人踹破。

這樣闖進室內的……是顯得有些焦躁的莉迪亞。

她一看到我，就犀利地開口說：

「開戰了！明天就出發！你跟我們一起上前線戰鬥！」

她的口氣不容分說。

對此，我面帶微笑……

「我明白了。願盡我棉薄之力，死戰到底。」

我毫不遲疑地說出了答應的意思。

真沒想到立功的機會這麼快就來了。

從莉迪亞的模樣看來，對方多半是知名的強者。能拿下這個敵人的首級，應該能夠作為一塊說服過去的我所需的敲門磚。

「那麼……對手是哪一位？」

不管是什麼樣的對手，都只有打倒一途。

然而，至少還是先掌握敵方的名字吧。

我本來是懷著如此輕鬆的心情詢問，然而……

「梅維拉斯——『咒縛王』梅維拉斯。」

聽到這個名字，我忍不住驚呼出聲。

「您說梅維拉斯……！」

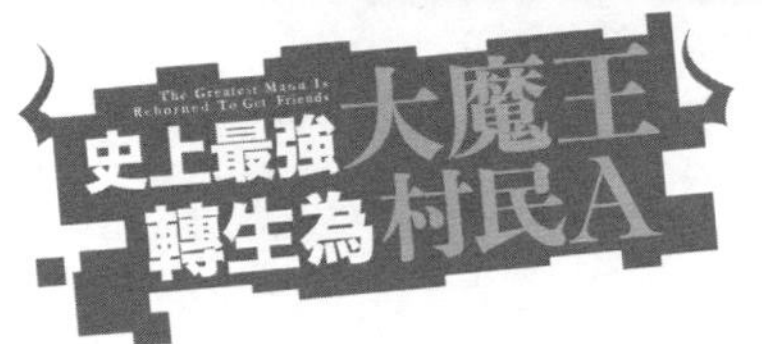

「咒縛王」梅維拉斯。這個人——

是我之所以殺死莉迪亞的原因之一。

第四十七話　前「魔王」，上前線——

看到我方寸大亂，莉迪亞以疑惑的表情問起。

「怎麼啦？」

……這句話，似乎代表了在場所有人的共通意思。不只是她，伊莉娜與吉妮，甚至連這個時代的席爾菲，都以看到了不可思議的東西似的目光看過來。

我的動搖被看出來了嗎？

的確，永遠顯得泰然自若的人突然變成這樣，當然會讓人覺得不對勁。

我小小呼吸一口氣，恢復鎮定後，露出了一如往常的微笑。

「……聽到強敵的名字，讓我忍不住緊張了一下。不過，我已經不要緊了。現在我內心停不下來的，是興奮與面臨大戰的亢奮。」

「哼！這次的大功我要了！」

席爾菲雙手抱胸，粗重地呼著大氣。

她顯得幹勁十足，莉迪亞摸著她的頭，自己也露出好戰的笑容。

「我本來就覺得難纏的傢伙差不多該出來了……真沒想到一開始就跑出『咒縛王』啊。這對手夠意思。」

莉迪亞充滿鬥志，伊莉娜一邊側目看著她，一邊小碎步跑過來。

「亞、亞德……你們說的『咒縛王』，是什麼樣的傢伙？」

「……就像魔導士有一到七級的位階，『魔族』也有階級，這點伊莉娜小姐也知道吧？這次我們要對抗的對手，就是他們的階級當中最高的一級……位列『大魔境（Archdemon）』。」

「大、『大魔境』……？」

即使在現代，屬於這個階級的魔族仍然有著莫大的力量，曾逼得我們的大英雄父母「大魔導士」與「英雄男爵」陷入苦戰，也是非常知名的事情。

其戰力號稱足以殲滅一大塊遼闊土地的敵人……但那是現代的情形。

古代世界的「大魔境」，戰鬥力筆墨難以形容。

其中「咒縛王」梅維拉斯，更是極為強大的人物，然而……

如果我的記憶正確，他對上莉迪亞／維達聯軍，應該是好一段日子以後的事情。想來這也是「魔王」這個異物的存在所造成的影響。

「魔王」的存在，無疑扭曲了歷史。

然而……

一想到接下來自己要做的事情，就覺得我和「魔王」不也是同類嗎？

我盯著莉迪亞的臉看，暗自下定了決心。

那個自稱神也許會囉唆，但我才不管。

這次，我可萬萬不會讓歷史照原來的路線走……！

後來——

據說敵方已經開始進軍，所以我們也立刻展開行動。

這次的作戰活動，我不讓伊莉娜與吉妮參加。

如果有個萬一——不，我當然絕不打算讓這種事發生……但萬一歷史照我所知的情形發展，伊莉娜與吉妮肯定會喪命。

當然了，我不打算照原來的歷史走。然而，風險並不是零。

因此，我讓她們兩人留在前線都市乙太。

「知道了。畢竟我不想扯亞德後腿。」

「同右。亞德，請你加油喔。」

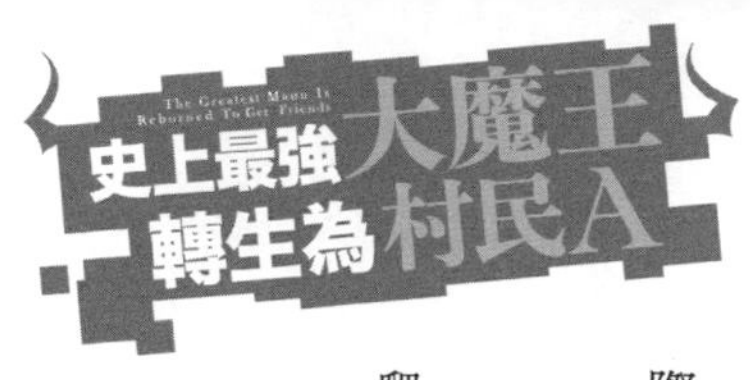

兩人都顯得認同，但內心多半翻騰著不同的感情。

伊莉娜拚命想追上我，吉妮也為了消解自卑感，每天都不斷努力。

而我儘管說得委婉，但仍等於對她們兩人說：「妳們派不上用場，所以別跟來。」

她們表面上露出笑容，內心多半有著無處宣洩的憤慨吧。

……但現在的我，沒有餘力為她們著想。

因為這件事，跟我所懷抱的最重大傷痛有關。

話說現在。

我和莉迪亞、席爾菲兩人，一起在山上靜靜地行進。

時機大概是下午與傍晚的夾縫間吧。雖然還是白天，但山林裡光線昏暗，讓人看不出實際的時刻。

在這茂密的綠意中行進到一半，席爾菲覺得無聊地說：

「這時候，大家都已經在戰場上大殺四方了吧。可是說到我們，卻被某人害得來無聊地爬山……」

「現在多半很無趣，但還請妳忍耐。到時候就算妳不想要，也會度過非常刺激的一刻。」

這個行動是我提議的。

如果照原來的歷史走，莉迪亞與席爾菲現在應該已經一起在戰場上馳騁。就和擔任我軍主力的其他成員一樣。

這次的戰事，多半連莉迪亞也無法樂觀看待。證據就是她把散往各地的自軍主力全都找了過來，以萬全的態勢臨戰。

殊不知這就是造成他們潰敗的最大原因。

「……只是話說回來，莉迪亞大人，這次您願意聽取我這種後生小輩的意見，令在下感激不盡。」

「也是啦。坦白說，我根本不喜歡耍聰明的奇襲戰法，可是……我總覺得最好聽你的。」

莉迪亞搔著後腦杓，踢散腳下的矮草。

這女的是個笨蛋，但直覺比任何人都敏銳。她之所以會採用我的提議，應該就是因為這種直覺起了作用吧。

不管怎麼說，這非常僥倖。

這樣一來，估計陷入最壞狀況的機率就會大幅降低。

……史實中，莉迪亞／維達聯軍對上「咒縛王」梅維拉斯的大軍時，雙方都完全不採取任何出奇制勝的計謀。

據說甚至完全不用上任何像樣的戰術。

姑且不論莉迪亞這邊……敵方——梅維拉斯也採取這樣的行動，完全是因為他被神選思想綁住。

他是典型的「魔族」至上主義者，只把人類當成蟲子看待。

對付這種小蟲子，用不著智謀，更不可能為此使出全力。

也就是這樣的傲慢，讓他被莉迪亞他們給逼入絕境……

只顧尊嚴不顧性命所招致的這種結果，讓他使出了王牌。

沒錯……是「專有魔法（original）」。

「咒縛王」的名號，來自於他擅長詛咒魔法。

這樣的梅維拉斯所擁有的「專有魔法」，也有著極為強大的詛咒之力。

這可怕的力量能對超廣範圍造成影響……被法術效力涵蓋住的人，在轉眼間發瘋。我軍因此陷入自相殘殺的窘境。

結果聯軍當場潰敗。

莉迪亞不但失去了幾乎全軍的兵力……連一群從成軍時就同吃一鍋飯的伙伴都失去了。

與梅維拉斯這一戰，莉迪亞軍中擔任要職的七名勇者之中，有五名死亡。

結果莉迪亞軍陷入了全軍覆沒的危機。

而且……莉迪亞自身，也因為挺身保護席爾菲，受到了詛咒。

或許是靠著鋼鐵般的精神力，以及體內「邪神」之血的影響，讓她勉強免於發瘋，親手打倒了梅維拉斯，然而……

之後，莉迪亞始終為這詛咒的後遺症所苦。

不時會發生劇烈的頭痛，以及精神錯亂的症狀。

這些症狀連我都無法治好。

抱著這樣的症狀繼續作戰，讓莉迪亞她…………！

……如果，她在這場戰鬥中並未受到詛咒。

……如果，她在這場戰鬥中，並未失去重要的伙伴。

也許就不會走到那樣的結局。

也許我就不會陷入非殺了莉迪亞不可的狀況。

……這顯然是竄改歷史，但我無意為此遲疑。

早從被丟到這個時代的時候，我就在腦海中描繪。

描繪莉迪亞生存的未來。

為此我什麼都願意做。

絕不容任何人礙事。

沒錯——

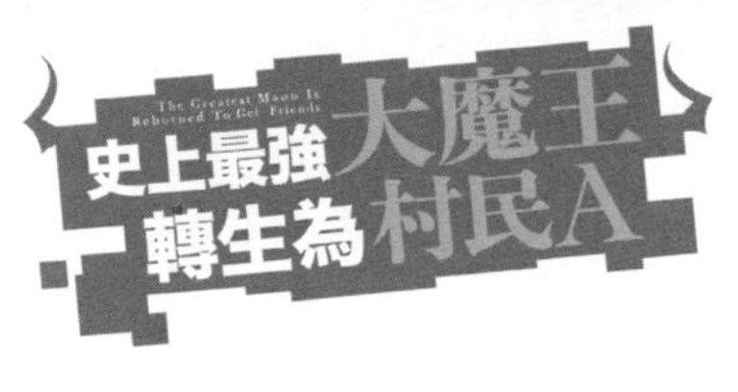

「以為我們沒料到會有奇襲嗎？你們這些蠢——」

即使是對眼前出現的這些小角色，我也不打算手下留情。

「『暴風刃』。」

我說完的同時，魔法發動。

十個魔法陣出現在我面前。

剎那間，大量的龍捲風從魔法陣出現，直線掃向敵方。

「嗚！」

敵人各自做出閃避行動，但這是白費工夫。要躲過高速擴張到超廣範圍的風之刃，是不可能的。而且，憑他們的本事，就算用了防禦魔法，也不可能抵禦住。

因此敵人的抵抗沒有意義，就像周圍的草木一樣被割得稀爛，前往了冥府。

殺死這樣的小角色，有違我的美學。然而……

美學什麼的已經無所謂了。

既然敢擋住我的去路，我就要把他們殺得片甲不留。

再也沒有任何事項，比不讓莉迪亞死更優先。

「……好了，我們趕路吧。」

我嚴肅地說著。

看來我是無意識之中，發出了真正的殺氣與鬥氣。

席爾菲似乎被震懾住，有點擔心受怕地全身一震，然而……

「不、不要活躍一下就得寸進尺！不管打倒多少小兵，都沒有半點功勞！」

立刻又表露出了她有多麼倔強。

至於莉迪亞……

「你挺來勁的嘛。」

如果只看這句話，倒也像是說得佩服。

但實際上，莉迪亞臉上沒有任何神色。

她面無表情，清澈的眼神直視前方。

……我從以前就討厭她這種眼神。

感覺就像看穿了我的一切，讓我就是有點不愉快。

現在多半也一樣……她大概發現了什麼蹊蹺。

而莉迪亞只短短說了一句：

「你可不要做沒意思的事情。」

說完她立刻就走上前，在前面帶路。

我看著她的背影，握緊了拳頭。

……我當然不打算做什麼沒意思的事情。

之所以選擇奇襲戰術，是為了讓梅維拉斯自始至終都輕敵，趁機一口氣終結這個狀況。

為什麼傲慢到了極點的梅維拉斯會使出全力呢？

原因盡在於，我方逼得他無路可退的過程實在太順利。

史實上，莉迪亞他們毅然採取一如往常的正攻法，從正面衝鋒，這個做法順利成功……才讓梅維拉斯決心動用「專有魔法」。

要防止這種情形發生，又要拿下敵人的首級，我提議了奇襲作戰。方針就是由我和莉迪亞以及席爾菲這三人，直接殺進敵陣，一口氣解決。

當然了，敵人多半已經發現我們接近。

但梅維拉斯肯定還是會引我們深入敵境。

因為現階段，他仍輕敵到了極點。

想來只要稍稍挑釁，他甚至會答應單挑。

現在梅維拉斯滿腦子應該都只有如何凌遲下等猴子——也就是我們——的餘興節目。

我們要利用他的自大與輕敵，一瞬間拿下他的首級。

這樣一來，也就更有可能避免我與莉迪亞的最大悲劇發生。

「……漸漸看得到敵方大本營了。」

下了山，前方高低差有些顯著的丘陵地帶上。

敵人就在那兒建立了據點。

「以簡易堡壘來說，還真豪華。處處透著梅維拉斯那傢伙鋪張奢侈的品味啊。」

「該怎麼說，愈看愈不順眼了啊……！」

或許是因為她們兩人都是貧民出身，有著厭惡奢華浪費的傾向。

我本來也出身貧民，所以很能理解她們的心情。

……就先不說這些了。

「那麼，我們要上了。從敵人的實力來看，隱蔽魔法多半沒有意義。我們從正面硬闖，一路掃蕩敵人前進……拿下總帥的首級。就這麼簡單。」

「哈！很好啊，簡單明白。」

「我都技癢了呢！」

兩者都毫無畏懼，甚至還表現出享受當下狀況的餘力。

士氣十足，力量也十足。

沒有任何要素能夠阻擋我們的勝利。

「第一個殺進敵營的榮譽就由我拿了。」

「不，我來拿！」

「就算是姊姊，這個我也不能讓！」

我們互相喊話，朝敵軍大本營展開衝鋒。

簡易堡壘的門開著沒關，彷彿在歡迎我們。

我們通過這樣的門，入侵到敵軍大本營之中。

這一瞬間——

「……情形不對勁呢。」

「……是啊。我本來還打算殺進來的同時就要放個大的攻擊魔法。」

「……人太少了。」

一闖進來，原本意氣風發的心情，立即被狐疑所支配。

我本來預測的情形是，一踏入堡壘，魔法就會有如雨點般打來……但實際上什麼都沒發生。

不僅如此，甚至完全察覺不到有人迎擊的聲息。

「他們是打算在別的地方伏擊我們嗎？」

「也許是吧，可是……該怎麼說，我就是有種不好的預感。」

敵軍大本營的氣氛實在太寧靜，讓我和莉迪亞都不約而同冒出冷汗。

這是怎麼回事？

發生了某種出乎我們意料的事？

……不管怎麼說，既然來到這一步，也只能前進。

「總之，我們就先朝中央移動吧。」

我確定莉迪亞與席爾菲都點頭後，踏出了腳步。

……果然有蹊蹺。

敵軍太安靜了。看這樣子，豈不成了空城？

已經空無一人？

難道是敵方對我們設下的計謀。

各式各樣的可能性從腦海中掠過……但我覺得這些假設，都無法解釋這個狀況。

接著──

隨著我們愈來愈接近大本營正中央，費解的情形也不斷增加。

「這個氣味……」

「啊啊，是我們聞得太習慣，變得如日常一般的氣味。」

「像鐵鏽一樣，有點噁心的……這氣味是……」

沒錯，是血腥味。

……敵軍大本營空無一人。愈接近正中央，鮮血的氣味就愈重。

我也和莉迪亞一樣，一邊品嚐著這令人不舒服的感覺，一邊往前進。

最後——

位於敵營正中央，多半是作為集會場的廣場上。

一看到眼前的光景，無論我、莉迪亞，還是席爾菲，都不得不瞠目結舌。

最先映入眼簾的，是又黑又渾濁的紅。

將整片大地的土色都掩蓋過去的這些暗紅……

是倒在地上的無數「魔族」屍體。

屍體全都已經不成原形。每一隻都走上悲慘的下場，鮮血、內臟與肉片，在四周堆出一座座小山。

在這實在太悽慘的現場中央。

一名男子的首級飛上了天空。

兩撇翹鬍子很好認，徹頭徹尾貴族樣的小生。

他就是我們的最大目標。

「咒縛王」梅維拉斯。

然而，將他的頭一刀兩斷的劍，卻並非握在我們當中的任何一人手裡。

而且……

對方多半甚至不是友軍。

「你們來得晚了點啊。」

對方發出撼動全身的重低音。

我們不約而同，以尖銳的視線看向聲音來源所在的男子。

年齡、人種、面貌，全都不詳。他全身都被漆黑的鎧甲遮住。

這凶煞的輪廓，就像在表露他的真面目……

「你是什麼人？」

聽到我特意問出的這個問題，黑衣戰士哼了一聲，笑著說：

「你應該猜到了吧？我就是如你聯想的人物。也就是——」

造型尖銳的頭盔下，發出決定性的答案。

「我是『魔王』。是暴虐無道的怪物，也是世界的敵人。」

他威風凜凜的模樣，讓我多了幾分緊張。

他無疑是強者。

而且，連深深烙印在我記憶中的諸多強敵，都無從相比。

……我好久沒有這樣氣血上衝。然而，貿然衝鋒是大忌。

我毫不鬆懈地瞪著對方，看對方怎麼出招。

結果——

「哦~你就是『魔王』嗎？如我所料，好像挺強的嘛。」

「正是。就算你們一起上，也不是我的對手。」

「是喔，你還挺敢講的嘛。我可是『勇者』，而你是『魔王』喔。」

「現實不會像故事那樣發展。妳的力量，對我這『魔王』不可能會管用。」

「這……不試試看怎麼知道？」

剎那間——

莉迪亞全身迸發出凌厲的鬥志。

換做是尋常戰士，多半會被這氣勢震懾得失去意識。

一股非比尋常，連自己人席爾菲都無法不為所動的霸氣。

然而正對面的「魔王」承接這樣的霸氣，卻文風不動。

「哈哈！不錯啊，看來今天能久違地全力打一場架了！」

莉迪亞露出牙齒一笑，將愛劍瓦爾特·加利裘拉斯召喚到手上。

她以右手強而有力地握緊劍柄後……

「『阿爾斯特拉（閃耀吧魂魄）』‧『佛特布利斯（我將化為神聖之光）』——『特內布利克（驅退黑暗）』！」

以超古代言語進行的詠唱，撼動了大地。

緊接著，莉迪亞全身被耀眼的大團能量裹住……

能量隨即化為發出白銀光芒的鎧甲。

是她完全拿出真本事的狀態。

莉迪亞現在，正要使出渾身解數戰鬥。

就在她腳上灌注力道，正要踏步上前的瞬間——

「妳實在是個滿腦子只想著衝鋒的武者啊。我個人是很欣賞……然而，現在我不打算陪妳玩。」

「……啥啊？」

「魔王」丟下這句像是輕巧避開莉迪亞鬥志的話後，轉身背對我們。

「去告訴你們的頭子。你們要的土地我收下了。告訴他說如果想搶回去，就用實力來搶。」

「……這意思是說，你在對我們宣戰？」

「魔王」對莉迪亞的問題嗤之以鼻。

「我早就在宣戰了吧。我是『魔王』。也就是說，我的存在本身，就是在對所有活物宣

戰。」

這是為什麼呢？我總覺得他的這幾句話裡，蘊含著幾分自嘲。

「別了，『勇者』們。還有……愚劣的少年啊。」

這一瞬間，我感受到對我而發的怒氣。

到頭來，他對我們完全不出手，就發動了轉移魔法。

他的身影轉眼間消失無蹤。

我們三人被留在悽慘的現場，默默任由時間經過。

莉迪亞在想什麼？

席爾菲在想什麼？

想來多半和我一樣。

每個人腦子裡，肯定都被一個字眼填滿。

那就是——

「『魔王』……！」

第四十八話　前「魔王」與另一個「魔王」

面臨這風起雲湧的情勢發展，事態進行得十分急促。

「魔王」離開後，我們立刻回歸我軍。我軍仍在與「魔族」交戰，但莉迪亞判斷繼續戰鬥沒有意義，對全軍下了撤退命令。

剩下的這些「魔族」，多半會不解我軍為何突然撤退……殊不知接下來等著他們的，是更強烈的不解。

我軍撤退後的行動也很迅速。

莉迪亞在撤退途中，對主要成員說明完狀況，寫妥書狀後，派快馬前往王都。

瓦爾瓦德斯接到書狀，掌握住現況。

結果召開了緊急大會議。

而現在──

我們在聳立於王都金士格瑞弗正中央的王城「千年堡」的會議室內，成了圍坐圓桌的一員。

如果是比較隨興的討論，與會者會躺在床上，一邊討論一邊飲食，然而……
由於這次的議題實在太重大，非得正襟危坐地與會不可。
因此大會議是以眾人圍坐圓桌的形式，進行議論。
擔任我國中樞要職的主要成員，都已經就座。
首先是武官最高峰的四天王。
我老姊奧莉維亞，一如往常擺出一副撲克臉。
老將萊薩身為四天王之首，就像千百年的巨樹一樣，穩坐不動。
天災天才魔法學者維達則一副覺得無聊的模樣，啃著自己帶來的點心。
至於戰鬥狂大變態，我軍的王牌阿爾瓦特……
「呵呵……真沒想到這麼早就能和你重逢，讓我不得不感受到浪漫的命中注定。相信你也一樣吧，亞德．梅堤歐爾。」
他特地坐在我身旁，從剛剛就一直在我耳邊輕聲細語。
這傢伙就是會做這種事，爭先恐後想坐在我身旁的伊莉娜小妹妹因為被搶先，露出五味雜陳的表情；吉妮更被阿爾瓦特的威壓感嚇得心驚膽跳，淚眼汪汪地發抖。
……另外還有好幾個人，以懷疑的視線看著我們。
其中一名男子代表這些人似的發言：

「我總覺得有沒資格在場的人就座？」

此人沒有明顯特色，乍看之下像是個凡夫俗子。

但他卻是年紀輕輕就躋身文官最高峰，名列七文君之一的頭腦派。

……我正懷念地心想，也好久沒看到這傢伙的臉了，結果……

「他們是維達大人和莉迪亞的愛將。尤其亞德．梅提歐爾，他的實力即使和我們相比也不遜色。考慮到各式各樣的因素，認為他們沒有資格在場的這個評價並不恰當。」

淡淡做出這些描述的，是從莉迪亞軍中選出的與會成員之一。

此人的外貌和席爾菲一樣，是個年紀輕輕的少女。然而跟席爾菲不同的是，舉止給人一種理智的印象。

實際上，這名戴眼鏡的少女被譽為「最有智慧的勇者」，是莉迪亞軍的核心人物。

史實上，她已經在前一場戰事中走上悲慘的末路，然而……「魔王」改變了歷史，讓她幸而得以生存下來，也才能坐在這裡。

除此之外，幾名本來應該已經陣亡的勇者們，都活著齊聚一堂，對「最有智慧的勇者」所說的話表示同意。

對於這樣的他們，七文君的成員不悅地表情一歪：

「……真要說起來，為什麼愚昧的區區客座人物會在這裡就座，這件事本身就已經讓我無法理解。」

這句話似乎對莉迪亞軍的諸將造成了強烈的刺激。

幾名主要人物發出殺氣，但莉迪亞顯得很乾脆地說：

「也是啊，你說得對。坦白說，從立場上來說，我們幾個是不應該待在這裡。」

莉迪亞的定位相當複雜。

屬於我軍的一員，但絕非處於主從關係。

莉迪亞所率領的軍隊，本來就是她所創建的反抗軍。

而我以客座的身分，招攬他們加入。

對，不是部下，而是客人。

我把他們當成志同道合的盟友，保證了對等的立場，將他們延攬進來。

因此他們原則上沒有必要聽我們的命令。偏偏又只有在權限這方面，比起四天王與七文君都是有過之而無不及。

對這樣的現況抱持反感的人不少。另外……七文君不只是決定戰略，有時連有限戰爭的戰術都由他們決定，而會把他們縝密架構出來的戰術給搞砸的肌肉腦……也就是莉迪亞這個女人的存在，想必令他們不愉快到了極點。

「……既然有這樣的自覺，您要不要盡快離席呢？」

「不行，這不成。因為你們也知道，瓦仔少了我，就會寂寞得不得了，什麼事都不能做。對吧？」

她胡鬧著對過去的我笑了笑。

對此，瓦爾瓦德斯重重嘆了一口氣。

「七文君啊，各位的心情我能體會。若是處在客座立場，本來這些傢伙當然不會有資格出席。然而，這些傢伙對我軍而言，已經逐漸成為一種王牌，相信這點各位也會承認。」

「話是……這麼說沒錯……」

「我也理解你們無法接受。但這個時候，可不可以看在我的面子上，不要計較？」

……相信過去的我，自認是真摯地在表達訴求。

然而實際用第三者的目光去看……就變得怎麼看都是史上最惹人憐愛的人，在可愛地央求……！

「既、既然陛下都這麼說了，我、我們也只能聽命！」

「我、我反而要為了自己拿這種無意義的事情浪費時間一事，深深謝罪！」

這些傢伙一個個都老實得很。

當時的我，對於部下們這麼聽話，解釋為是出於對自己的恐懼，然而……搞不好，並不是只有這個原因。

因為七文君這些傢伙，都一副少年少女在談戀愛似的眼神。

……不管怎麼說……

「啊，還有，順便告訴各位……關於亞德．梅堤歐爾，以及他的兩名少女隨從，我也認為他們有資格出席。尤其亞德．梅堤歐爾，就如『最有智慧的勇者』所說……至於兩位隨從少女，則是為了讓場面多幾分花俏，你們說是不是？」

「哈哈！錯不了！偶爾你也會講點人話嘛，瓦仔！」

莉迪亞哈哈大笑，手臂搭到坐在身旁的吉妮肩膀上。

過去的我所說的最後一句話，是為了讓緊張的場面和緩下來的玩笑話，看來在座的眾人幾乎都是如此解釋，然而……

我可都看穿了。看穿他的話有一半以上是真心話。

過去的我啊，你現在用非常平靜的眼神朝向她們兩人，看起來是想讓她們放心……但這根本不是出於好心或慈悲，而是出於色心吧？

畢竟你身邊一點女人的影子都沒有啊。

當時你滿腦子都一直想著「為什麼女人都會避開我啊……？」或是「我也想要男性朋友沒錯，但更想要女性朋友。總覺得有異性的朋友，就是比有同性的朋友高檔一點啊……！」這樣的念頭。

很遺憾的，我可不會讓你稱心如意。

因為她們兩個是我的朋友啊。

而且她們兩個就算對你有敬畏，卻不會有友愛。

你就繼續過著一直沒有朋友的寂寞生活吧。

……總覺得說著說著，自己都覺得可悲。

「好了，那麼我們差不多該開始好好開會了。」

過去的我——瓦爾瓦德斯嚴肅地這麼一宣告，場上就再度充滿了緊張感。

「首先我要斷言。經過這次的事，我決定改變對『魔王』的認知。過去我雖然把他當成危險分子看待，但並未當成最優先討伐對象……但既然他對我們宣戰，也就不能再繼續如此。」

「主上，這是否也就表示，我可以當成下一場仗就是『魔王』討伐戰？」

聽阿爾瓦特笑瞇瞇地問起，過去的我微微點頭。

「沒錯。他拿下的土地……亞拉利亞平原西部，以大都市亞瑪丹為中心的一帶，是我們達成支配大陸的目的所不可或缺的樞紐之地，說什麼也非得奪回不可。」

「……也就是說，『魔王』已經成了阻擋我們霸道的阻礙了？」

奧莉維亞嚴肅地問起，瓦爾瓦德斯給予肯定的答覆：

「正是。因此，必須擊垮對方。然而……我們也不能大意輕敵。這次的一戰，要動員所有我軍的戰力來出戰，在一天之內解決。」

聽到這個宣示，場上一片交頭接耳的聲浪。

然而老將萊薩仍不改泰然自若的態度。

「既然說是全軍……也就是說，您打算將我們四天王全都投入到一個戰場上？」

「不只是你們，這次，我也打算出陣到戰地。」

這次的聲浪，遠非先前所能相比。

「哼哈哈哈哈！主上啊！是我聽錯了嗎？我聽見您方才說，您自身也要出陣？」

「阿爾瓦特，你的聽力很正常。這次的戰事，我要久違地指揮全軍。如果情形需要……相信也可能會參加戰鬥行動。」

聽到這個回答，阿爾瓦特似乎萬分感動，在我身旁連連顫抖後……

「哼哈哈哈哈哈哈哈哈哈哈！這個好！實在太美妙了！既然陛下要出陣，我阿爾瓦特．艾格傑克斯，表現可不能馬虎啊！」

我完全不懂他有什麼事情可以這麼開心。果然這個戰鬥狂腦袋有問題。

「哈！上次可以和你並肩作戰，已經是多久以前啦。」

「唔唔唔唔……！你、你根本不會有一點點機會出場！因為我會輕輕鬆鬆就撂倒『魔王』！」

「一舉投入四天王，陛下做的決定可真大膽。」

「……我只會聽命行事。無論以前，還是以後。」

武官們各有不同的反應，大致上都是善意回應，然而──

「請、請陛下稍等！」

七文君則大致上都表示反對。

「要是一舉投入四天王，各地的防守會被拖垮的！」

「正是！陛下忘了您當初為什麼要將四天王，分散到東南西北四方嗎？」

「一旦嚇阻力消失，本來壓制住的敵方勢力，會不約而同來犯的！」

對此，瓦爾瓦德斯嚴肅地回答：

「各位的意見很有道理，所以我才說，要在一天之內解決啊。這些日子以來，四天王發揮的嚇阻力相當充分。如果只有一天左右，相信敵方對於他們的離開，也會懷疑是不是某種計謀。」

這個方案已經確定。聽出他話中的這個意思，讓七文君也無法反駁。但相對的……

有人提出了新的意見。

「我們確信陛下所向無敵。然而……我還是要問。敢問陛下是否有把握殺得死『魔王』？

陛下以前也曾和他們交戰，但未能奪走對方的性命就歸還了。您一旦決定要一個人的命，從來不曾在一次戰鬥中未能辦到。而陛下第一次沒能拿下對方的性命，敢問陛下有什麼把握，這次不會重蹈覆轍？」

這個疑問，多半就是問他打算如何破解「魔王」的不死性吧。

對此，過去的我像在惡作劇般笑了笑，右手食指按在嘴唇上。

「不告訴你們。」

他閉上一隻眼睛，露出俏皮的表情。

看到過去的我這樣，七文君們當然反對，然而……

「你們沒辦法相信我瓦爾瓦德斯？」

他只用這麼一句話讓眾人閉嘴，然後環顧眾人……

「下一場戰事，命令只有一個。」

過去的我，從他桃色的嘴唇發布了命令。

內容果然……

和我所想的一模一樣。

「說什麼也要粉碎敵方所支配的城堡。辦得到就會得勝，辦不到就會打輸。你們要這樣

看待這次的戰事。」

等到大會議結束，太陽已經下山。

有句格言說，兵貴神速。這句話說得沒錯，作戰行動理應要迅速進行。

然而……由於這次要動員大軍，實在不可能立刻出陣。據說要完成諸般準備，大約需要兩天，所以這兩天，我與伊莉娜、吉妮，就在莉迪亞的宅邸度過。

……不用說也知道，這次維達也來找我。

「咦咦咦咦咦咦咦咦咦！又～要去莉迪亞家過夜喔喔喔喔喔喔喔喔喔！為什麼不來我家啦！你明明是我的部下吧？既然這樣，不就應該跟我這個主子在一起嗎！」

如果只看外表，維達是個惹人憐愛的少女。被這樣的她懇求，總不會有厭惡感……一般來說是這樣。

但我既然知道她的本性，該怎麼說呢，我就是會覺得她這種惹人憐愛的容貌，就像食蟲植物會發出的引蟲香氣。

「……您不會趁我睡覺時，硬抓我去實驗嗎？」

「咦！這種事情我當然『會做』啦！」

只有老實是這個少女唯一的美德。

「……所以我才不想跟您在一起。而且您對於我們要歸還的目的，什麼忙都沒幫上吧？我們之所以加入您麾下，始終是為了回去。既然得不到這樣的好處，我就在此宣言，我要投靠莉迪亞大人。」

「唔咦咦咦咦咦咦咦咦咦咦！怎、怎麼可以啊啊啊啊啊啊啊啊啊！虧我還想說好久沒有拿到那麼有意思的實驗品了說喔喔喔喔喔喔喔喔喔喔喔喔！」

維達的眼淚像噴泉一樣溢出。

……大概是聽到這吵鬧聲，連阿爾瓦特也跑來，真的是鬧得一發不可收拾。

我們經過這樣一番折騰，抵達了莉迪亞的宅邸。

在這裡我們也被分配到自己的房間，能夠讓身心休息的時刻總算到來。

「……那麼，有什麼需要，還請儘管吩咐。」

說完這句話後退出的，是從以前就派來專供我使喚的奴隸少女拉蒂瑪。她有著好認的褐色肌膚與白髮，一路追隨莉迪亞，所以在這王都也同樣負責照料我生活起居。

「呼……受不了，這個時代實在很忙啊……」

我吐著氣，癱坐到床上。

比起在現代度過的時間，這個時代不管做什麼都很迅速。

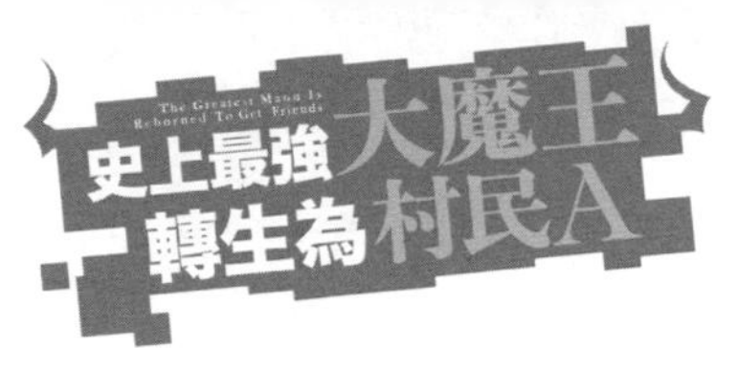

即使如此，最近的動向仍未免太快了。

「真沒想到，能夠達成歸還目標的機會這麼快就會到來……我們來到這裡，明明還過不到半個月。」

當初我還擔心得用上數以年計的時間，但實際一試，卻發現事情飛快地進展。

回想起這件事，先前發生的事情就自然而然在腦海中盤繞。

與自稱是神的神祕人物邂逅，因此讓教育旅行變成了時光旅行。

遭遇過去的奧莉維亞。

為了達成去見「魔王」的目的，心不甘情不願地加入維達麾下……

與莉迪亞重逢。

「……實在太濃厚啦。」

不知不覺間，我滿腦子都是莉迪亞。

為了幫她而去後方支援，與她並肩出陣。

我本已確信，這些都是再也不會發生的事。

現在卻已經成了現實……

搞不好，回到原來的時代之後，這些也會繼續下去。

我閉上眼睛，沉浸在思索之中。

「……先前那一場戰事，應該確實讓歷史產生了改變。注定會死的一些人活了下來，莉迪亞也因而沒受到詛咒。」

發生那起悲劇的要因，並不是只有詛咒……然而，起因已經擊垮。因此，也就逐漸看得到一種「也許會成功」的希望。

搞不好，能夠在莉迪亞生存下來的未來，和她一起共度幸福的時間……

說不定可以，但是——

「那個自稱神的說要我們修正歷史。既然如此，如果我們就這麼回去……」

就在我自言自語到這裡時——

「就會變成你所想的那樣吧。」

唐突飛來的說話聲，劈開了我的思考。

我立刻睜開閉上的眼睛……就看到一名男子站在門前。

凶煞的漆黑鎧甲，遮住他的全身。

我以犀利的視線掃向這個身影，開口說道：

「找我有什麼事呢？……『魔王』大人。」

沒錯，是「魔王」。

是我們要回到現代，就不能不打倒的目標。

如今他在這個世界，也已經成了被所有人敵視的對象。

他為什麼會出現在我面前？

他並沒有回答這個疑問，而是把剛才的話說下去。

「『他們』所定的歷史，沒有這麼簡單會被推翻。照這樣下去，會有強大的修正力發揮作用……莉迪亞多半會走上同樣的末路。」

這極為令人震驚的內容，讓我有一瞬間說不出話來。

但我立刻恢復鎮定。

「……請問，你也是從別的時代來到這裡的嗎？」

對於這個問題，「魔王」發出悶哼似的笑聲。

「首先，別再演這無聊的戲碼了。現在的你的確是亞德·梅堤歐爾沒錯……但在我面前，不必一直戴著這面具。」

「……請問你這話是什麼意思？」

對於我的提問，「魔王」輕輕呼了一口氣，這麼回答：

「我就是你，你就是我。你面對鏡子，還要一直戴著面具？」

莫名其妙。

就在我把這樣的念頭表現到臉上的下一瞬間——

「受不了，不這樣給你看看，你就不懂嗎？」

他以看不起我似的口氣這麼說完後——

雙手伸向遮住自己頭部的那滿是尖刺的頭盔。

接著，喀鏘的一聲響……

就在他卸下頭盔，露出面孔的同時……

「什……麼……！」

我不由得瞠目結舌，低聲驚呼。

對於我的這種反應……

「沒什麼好吃驚的。你被丟到了這個時代。那麼……我被丟過來，也沒什麼不可思議。」

對方露出嘲笑似的笑容。

他的長相實實在在——

就跟我——亞德．梅堤歐爾一模一樣。

第四十九話　前「魔王」，苦惱至極致

人活久了，漸漸會不容易為外物所動。又或者說，即使有所動搖，也很快就會恢復平靜。

然而……這次的狀況，讓我的身心依然僵在原地，動彈不得。

我萬萬沒想到，「魔王」這個應該要打倒的對象，竟然會是我自己……！

他的外表，和我——亞德·梅堤歐爾一模一樣。

然而……細節有些不同。

首先是頭髮。他那摻雜幾許白髮的頭髮，留得比我長了些、亂了些。

還有就是表情。犀利的眼光就像野獸一樣……一道傷痕從額頭斜斜劃到下巴，更加深了這種印象。

這小小的容貌差異……

「沒錯。我們的確是同一人物。然而，轉生的世界不同，走到今天這一步的來龍去脈也不一樣……雖然概略來看，多半大同小異。你我都活過瓦爾瓦德斯的人生，都轉生為亞德·梅堤歐爾……得到過各式各樣的事物，又很快地失去。」

他那傷痕令人怵目驚心的嘴邊多了些自嘲。

接著——

「你多半什麼都還沒失去。和我不同，多半什麼失敗都還沒經歷過……我失敗了。一切都失敗了。因此我……連亞德・梅堤歐爾這名字也捨棄了，現在自稱為迪薩斯特・羅格（失去一切的敗者）。你也可以這樣叫我。」

他——另一個我，更加深了對自己的嘲笑。

……他的確是我，但從某個角度來看，也可以說是另一個人。

看來我們所走過的路，實在太不相同。

這讓我無法不抱持某種感傷。然而……現在應該不是深入探討這件事的時候。

我就如他先前所說，拿下了作為亞德・梅堤歐爾的面具，開口問起：

「……你是怎麼來到這個時代的？」

「這點我們應該完全一樣吧。有個自稱是神的傢伙突然出現，我對他提議的事情點頭後……下一瞬間，就來到這個時代。之後就如你所知，我以『魔王』的立場活動……說來諷刺，為了達成目的，我就非得用以前討厭得要命的外號自稱不可。」

他在嘆息聲中搖了搖頭。

對於他的心情，我能夠有痛切的體會，但現在這些仍然無關緊要。

我該在意的事只有一件。

「你說目的？……你到底有什麼企圖？你作為『魔王』活動，最後追求的是什麼結果？」

對於這個提問，另一個我……迪薩斯特．羅格低著頭，小聲說道：

「我想救莉迪亞。想贖我自己的罪。就只是這樣。」

……這個答案沒有意外性。反而實在太過自然。

接著他盯著搞懂狀況的我……

「你不也一樣嗎？你不也想著要拯救莉迪亞嗎？」

「……正是。就這一點而言，我跟你意見一致。」

「那你就跟我合作。我們的目的一樣，沒有必要對抗。」

非常有道理。

然而，翻騰在胸中的幾個疑問，拒絕讓我與他合作。

「讓我問兩個問題。首先第一個，這件事，你跟這個時代的我也談過了嗎？」

「不，我比任何人都更討厭我自己。尤其……討厭這個時代的我。」

他握緊拳頭，臉上蘊含怒氣，

「就因為我們太愚昧，才失去了……不，是殺死了莉迪亞。她的死，全都是因為我們。不是嗎？」

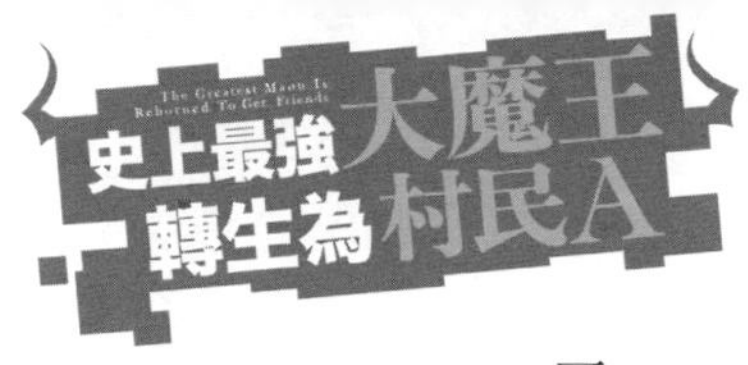

「……對，你說得對。」

「因此我特別恨這個時代的我。我死也不要和他合作。我反而……甚至想殺了過去的我。」

這種心情我也能夠體會，但這仍然不是我該在意的事。

「既然討厭自己，那為什麼找我？」

「……意思就是你不太一樣。你我背負同樣的罪，多半共有同樣的心情。所以我就想到，既然如此，要跟你合作也行。最重要的是……我對自己比任何人都更了解。這樣說，你應該就猜得出我的意思吧？」

我微微點了點頭。

我們的實力，多半在伯仲之間。因此……敵不過這個時代的我。

唯一優勢所在的不死性，也只是在第一次對上時，能夠讓敵人不解，但現在實情被看穿，可以說已經被逼得沒有退路。

然而，如果我們聯手呢？……也許就能和這個時代的我相抗衡。

這樣的企圖我可以理解，然而——

這個時候，我問出了第二個問題。

「我根本就無法理解你的行動。你為什麼要做出和這個時代的我相爭的事？如果想實現救莉迪亞的目的，跟這個時代的我敵對，根本是愚不可及……你應該不會回答我說，就只是因為討厭吧？」

「當然。無論再怎麼討厭，我也不會做出觸碰龍的逆鱗這樣的事來。」

「那為什麼……」

「對於這個問題，和第一個問題的答案有關。我有我的苦衷，說什麼也不能和這個時代的我聯手。反而……注定要一戰。」

我沒有任何話說，用眼神催他說下去。

他似乎看出了我的意思，靜靜地回答：

「你多半被自稱是神的人，賦予了某種課題……恐怕就是討伐我吧。我也和你一樣，被賦予了課題。這個課題就是──」

這個答案，實在……

「要我『毀滅世界』，要我為了這個目的而行動。只要我繼續這麼做，他就讓我留在這個時代……自稱是神的『那個男人』賦予我的，就是這樣的課題。」

足以讓我說不出話來。

相對的，另一個我──迪薩斯特・羅格則饒舌地說下去：

「也因為有這樣的情形，我才會再度成為『魔王』。不，這是我第一次真正當『魔王』，

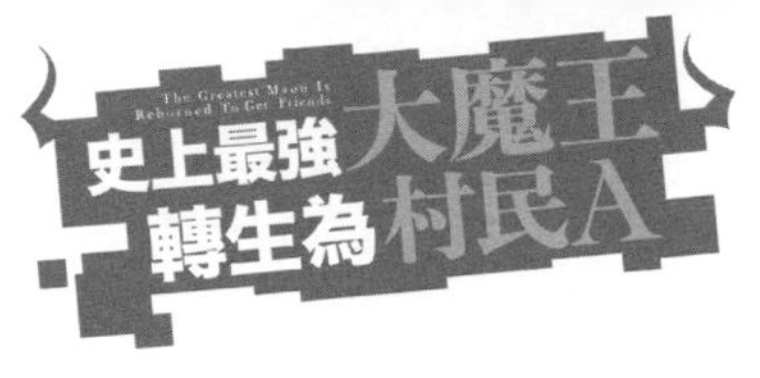

所以說再度大概不對吧。不管怎麼說，我為了毀滅這個世界而行動，這也是我要達到目的所必須做的事。因此，我從一開始就沒有任何猶豫或遲疑。」

「……你說是為了達成目的？你的目的不是拯救莉迪亞嗎？毀滅世界和拯救莉迪亞，有什麼關連？」

聽到我總算擠出的這幾句話，羅格露出了笑容。

仍是嘲笑自己似的陰沉笑容。

「我剛才應該也說過。說過我的目的是拯救莉迪亞……贖自己的罪。」

「……既然你說要贖罪，我就更看不出你的圖謀。追求毀滅世界，不是更加深自己的罪孽嗎？」

聽到我的回答，羅格垂頭喪氣，表露出露骨的失望。

我不懂他為什麼要採取這樣的態度。

當我自然而然皺起眉頭——下一瞬間，他的身影進逼到我面前。

眼睛完全捕捉不到就是這回事吧。他急速接近我，然後——

他揪住我的衣領，瞪著我的眼睛說下去：

「你還記得莉迪亞的死狀嗎？」

「……那還用說？我不可能忘記。」

「那你為什麼不懂我的心情？你真的和我是同一人物？」

他的表情中摻進了強烈的焦躁。

我不明所以，只能默不吭聲。

相反的，他則清楚地繼續述說：

「精神受到詛咒一點一滴地侵蝕、失去了伙伴——許多事情不斷侵蝕她……於是，那一天來臨了。最後的『外界神』，也是最頂尖的敵人。莉迪亞提議要盡快跟他決戰，但我沒有這麼做。」

「對……要打倒他，就必須背負莫大的風險。而且……甚至得做出連莉迪亞也會失去的覺悟才行。」

這種事，不是當時的我所能承受。

當時的我孤獨到了極點……只有莉迪亞是我活下去的意義。

只有她，一直當我的朋友。所以我……

我最不想失去的就是莉迪亞，勝過任何人、任何事物。

「我們那個時候堅決不點頭。這是為什麼？」

「……因為重視莉迪亞，不想讓她死。當時我們認為，與其背負這種風險，還不如留個一尊『外界神』不去處理。」

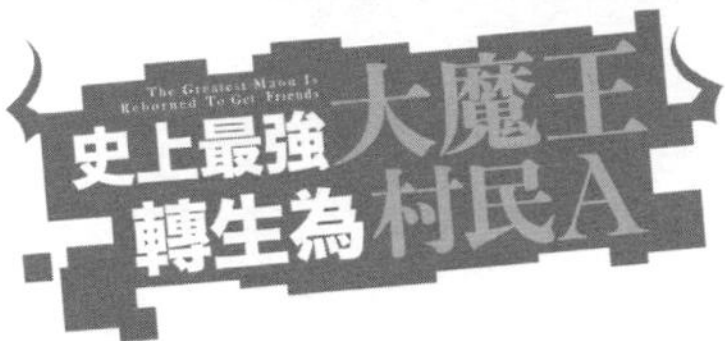

「既然這樣……！」

這一瞬間——

羅格的眼神中所蘊含的怒氣，就像熊熊燃燒的烈火一樣爆出精光。

「只要把這份心意……！把這份心意！原原本本地告訴她！就不會弄成那樣了！不是嗎？」

他發出的怒氣，讓我說不出話。

……那是過去我絕對不肯去想的事情。

那是我所犯下的最大過錯。

「是我害的！她會孤身殺進敵陣！會戰敗，被安排成世界公敵！這一切！都是我害的！要是那個時候，老實把我的心意告訴她，就不會弄成那樣了！就不用親手殺死變成怪物的莉迪亞了！」

這一聲聲怒吼，這份罪孽，如果事不關己，該有多好？

這一切，都是我自己的過去。

是由我自身述說出來的，我自己的罪孽。

「我是多麼後悔？多麼苦惱？……我啊，承受不了罪惡感。所以，才會自殺。可是……世界不肯讓我睡下去，不肯讓我逃避。」

他一邊喃喃自語，一邊往前一推，放開了我的衣領。

他用雙手抱住黑白髮參差不齊的頭，嘔血似的說起往事。

「我保留了記憶，被轉生為亞德．梅堤歐爾……之後，也是悽慘無比。重新得到的一切，也全都因為我自己的失敗而不斷失去。就和莉迪亞那次一樣。我確信了自己已經是個無論如何，都會一再犯下罪孽的人。所以，我已經……想結束了。我想設法贖清我的罪，然後把一切都結束掉。就是在這個時候，我遇見了那個自稱是神的男人。」

我已經只能默默聽他述說。

「聽到他說可以回到過去，我二話不說地答應了。這樣一來，我就能夠贖罪，能夠拯救莉迪亞，然後……被她當成世界的公敵憎恨，讓她殺了我。由以前因為我的過錯而被變成怪物的朋友，把我當成一個可恨的怪物給殺了。這正可說是原原本本承受自己的罪。自己去迎來過去莉迪亞的末路……這樣一來，我的一切才總算能夠結束。」

羅格一口氣說到這裡，朝我伸出了右手。

「如果你也認為當時的事情是一種罪，如果你有心要救莉迪亞，以及贖清自己的罪。那就做出和我一起犯下最後一份罪孽的覺悟。不分人魔，照殺不誤。屠殺再屠殺，殺個不停，最後……」

「由我們救出的好友，親手殺了我們……」

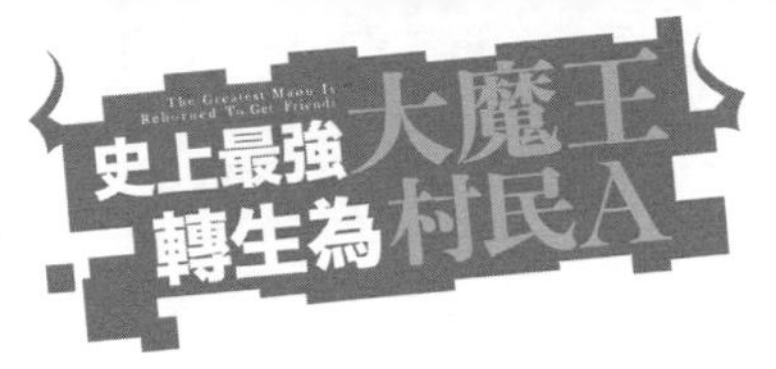

原來如此，這多半是無上的悲劇。

恐怕是最適合我迎來的末路。

……前不久，我和席爾菲重逢，再度面對了自己的罪。

然而，那似乎是錯覺。

我並未真正面對自己的罪。

和自己的分身面對面，才總算點醒了我這一點。

「我……」

一瞬間，腦海中掠過伊莉娜與吉妮的面孔。

這個決定大概會讓她們傷心。可是，即使是這樣……

我仍然想抓住站在面前的自己伸出的手。

然而，就在我即將伸手之際——

「你可不要做沒意思的事情。」

前不久，莉迪亞說過的這句話，在我腦海中甦醒。

緊接著，我產生了遲疑。

那是連我自己都無法理解的遲疑。

連我自己都不明白，為什麼會無法抓住對方的手。

……不知道羅格是不是看出我的心思……

「我給你時間。三天後的中午一二刻，我在亞拉利亞平原西部，滅亡的大地等你。」

他這麼說完，似乎就立刻發動了轉移魔法。

「你可別忘了，我們犯下了得不到原諒的罪。」

他最後丟下的這句話，重重壓在我心頭。

良久良久，我都只能一直看著虛空——

第五十話　前「魔王」，找出答案

到頭來，我整個晚上都睡不著，天已經亮了……

敲門聲響起。

「……失禮了。」

是拉蒂瑪的嗓音。聽見她平靜的說話聲後，她立刻走了進來。

「今天您也已經起床了嗎？」

換做是平常，我多半會苦笑著回她說：「非常抱歉，照料我這個人真令人不來勁。」但現在，我實在沒有這種心情。

但拉蒂瑪對我的情形並不表示關心。

「早餐已經準備好了，還請您去一趟餐廳。」

她淡漠地、事務性地告知，我僅點頭回應便站起身。

接著我從她身後跟去。

……途中……

「拉蒂瑪小姐。」

連我自己也不明白為什麼會開口。

不知不覺間，我已經對她的背影問出了問題。

「如果……遇到把莉迪亞大人和妳自己放在天平上衡量的時候，妳會——」

「真是個蠢問題。」

她的聲音像是一巴掌打在我臉上。

「為了莉迪亞大人，我『什麼事』都肯做。」

她斷言得堂堂正正，毫無遲疑。這個女生是真心說只要是為了莉迪亞，什麼事情都做。

……相反的，我是為了什麼猶豫呢？

到頭來，我仍找不到答案，就來到了餐廳，在寬廣的空間裡和大家一起圍坐一張餐桌。

「今天拉蒂瑪的飯菜也好好吃啊～！」

「……小的惶恐，莉迪亞大人。」

「再來一碗！」

「妳真的很會吃耶。」

「哼哼！人家正在發育嘛！」

「……正在發育？」

「怎樣啦，吉妮！有話想說妳就說出來聽聽啊！」

「沒有，我什麼都沒有要說～但願可以順利長大嘍～……主要是胸部。」

和樂融融的早晨光景。

伊莉娜與吉妮都已經習慣了這個時代的席爾菲，建立起和現代的她之間同樣的關係。

這樣的情形下……

我則一句話都不想說，默默地把飯菜送進嘴裡。

……沒有味道。

感覺就像舌頭沒有神經。

想來這一切的原因，都在於昨晚發生的事。

「只要把這份心意……！把這份心意！原原本本地告訴她！就不會弄成那樣了！」

「那就做出和我一起犯下最後一份罪孽的覺悟。」

這樣一來，就能拯救莉迪亞。然後……我就能夠贖清自己的罪。

除此之外，我沒有別的方法可以贖罪。

……那我為什麼會猶豫呢？

是因為不只「魔族」，連無辜的人民也非殺不可？

還是說……我對於親手殺了莉迪亞這件事，懷抱的罪惡感不如羅格那麼重？

……或許真是如此。

以前，我和吉妮有過的對話，忽然在腦海中甦醒。

那是校慶結束後不久的事了。

「亞德，你是『魔王』嗎？」

對於這個問題，我立刻做出了回答。我說——不，我不是。

我下意識地聲調帶刺，連自己也不知道為什麼會變得這麼感情用事，然而……見到羅格(另一個自己)就讓我懂了。

我想逃避。想逃避「魔王」這個稱號，也就是……想逃避自己的過去。

我想忘掉自己犯下的罪，去過這一段叫做亞德·梅堤歐爾的人生。

亞德的人生，和瓦爾瓦德斯的人生不一樣，充滿了開心的事情。

所以——

……啊啊，真是夠了，連我自己都覺得想吐。原來我是個這麼自我中心的人嗎？

殺了自己的好朋友，還想得到救贖。

實在太自私了。這種想法應該唾棄。

……就是因為有著這樣的自私，我才會猶豫嗎？

愈思索，就愈是加強自我厭惡。

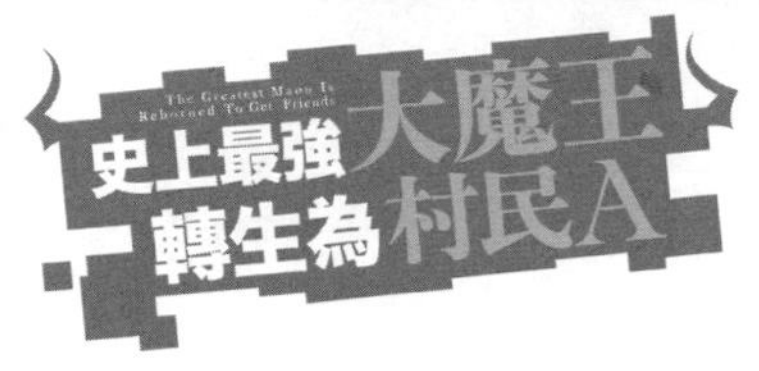

結果——

「唷，亞德。你今天有空嗎？應該有空吧？」

「咦？」

「今天一整天，你要陪我。行吧？」

我在不解中，朝莉迪亞臉上看了一眼。

……她那清澈到了極點的眼睛，射穿了我。

看到她這彷彿看穿了一切的眼神，我產生了一種難以名狀的複雜心情。

但不管怎麼說……

「……我明白了。」

要拒絕她，我終究辦不到。

……吃完早餐後，莉迪亞立刻牽著我的手，帶我上街。

王都金士格瑞弗的活力，遠非前線都市乙太所能相比。

毫不誇張，這裡就是古代世界最繁榮的大都市。我和莉迪亞就走在最繁華的地方……

「喔喔！那邊那位小姐！今晚願不願意和我共度熱情的一夜呀？」

……這個色情狂——更正，是莉迪亞，讓我看夠了她到處搭訕人的光景。

到頭來……

「喔，亞德！你也試試看啊！連泡妞都不會，可沒辦法變成獨當一面的戰士啊！」

還硬逼我去搭訕……

「為什麼就只有你受歡迎啊！開什麼玩笑！」

然後被施加了蠻橫的暴力。妳才不要鬧了。

……這是為什麼呢？

說真的，我為什麼會把這樣的傢伙當好朋友呢？

「臭傢伙！那我們就來比誰吃得多！」

這種像是長不大的小孩似的笨蛋……

「再、再來，換比那個……比、比跑步……噁噗。」

這種跟我一點也不合的傢伙……

「啊啊～夠了～！你至少也輸個一次吧！你這大笨蛋，個性也太差了吧！」

「……可以請您不要一比輸就揍人嗎？」

這種個性糟透了的大笨蛋……

我為什麼會這麼喜歡她呢？

……我愈想愈覺得火大，於是還手了。

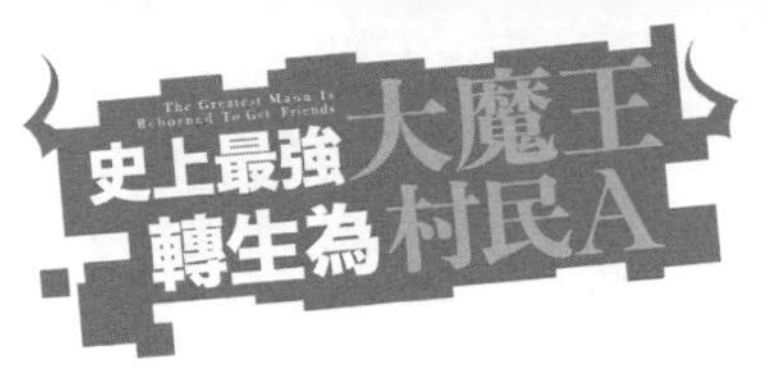

「唔嗯！你、你這傢伙……！竟然用拳頭打玉女的臉，真的爛透了啊，喂！」

「玉女？玉女在哪裡？我眼裡只看到野蠻的母猴子啊。」

「哈哈哈哈哈哈！我宰了你！」

我們吵著無聊的事情，不去顧慮旁人，大打了一架。

真的有夠火大。

哪兒都找不到這麼讓我不爽的傢伙。

哪兒都找不到這麼跟我相反的傢伙。

最重要的是……

哪兒都找不到，「願意」對我這麼不客氣的傢伙。

「唔喔啦！」

大概是被這些無謂的思考給拖累，讓我躲不開平常躲得開的一拳……

我的臉被打個正著，就這麼呈大字形，倒在大馬路的正中央。

「爽啦！我打贏啦！」

這個笨蛋給我擺出一臉得意的表情，挺起她那不知道在大什麼的胸部。

她燦爛的表情，讓我看了就火大。

……啊啊，真的，這傢伙有夠討人厭。

「這樣我就全戰全勝啦！」

「……請問您在胡說什麼？您仍然是敗多勝少喔。」

「少囉唆！打架打贏的人就是全勝！這是我現在決定的！」

「……妳白痴啊？」

我忍不住用本來的口氣說話，但我已經不在乎了。

反正一切應該都已經被她看穿了。

無論是我平常在扮演亞德．梅堤歐爾這件事。

還是我所苦惱的事。

……我愈想愈火大，於是送她一記掃腿。

「唔喔！」

這一腳漂亮地命中。莉迪亞一臉狠狠栽在鋪了石板的地面上。妳活該。

「你、你這傢伙……！太卑鄙啦，喂！」

「這要怪您自己被掃個正著。」

吵著吵著，第二回合開打了……

「呼、呼……這樣……就是我贏了吧。這樣一來……就是我全勝。」

「你這笨蛋……在說什麼……鬼話……這種……不算數啦，不算數……」

我們臉上青一塊紫一塊的醜態畢露，難看地吵嘴。

不知道看在第三者眼裡，會是什麼樣子。

……多半會覺得這兩個傢伙蠢得可以。

啊啊，我為什麼在做這種白痴的事情呢？

一想到這裡，就愈想愈好笑。

「呵、呵呵……」

看來對面的笨蛋也有了一樣的想法。

「哈哈哈哈哈……」

莉迪亞笑了一陣，重重呼一口氣。

「怎麼樣？鬱悶的心情都趕走了嗎？」

她以率真的眼神，說出這樣的話來。

……果然被她給看穿啦。

「您明明是個笨蛋，只有直覺真的很敏銳啊。」

「少囉唆……所以，怎麼樣？」

我搖搖頭，回答說：

「……如果為了找回失去的事物、失去的重要之人……必須犧牲自己的一切，那您會怎麼做？」

只這麼問，多半會令人不明所以。相信任何人都不會理解我的心理。

然而……莉迪亞卻一臉像是對學不會的小孩覺得沒轍的表情。

「你會用飛行魔法吧？」

「……會又怎麼樣？」

「跟我來，我有東西想讓你看看。」

她說完就輕輕飛起……

飛向了藍得令人厭惡的晴空。

在天上飛了幾小時，蔚藍的天空已經逐漸轉變為橘紅色。

我一邊跟著莉迪亞飛在天上，一邊思索。

如果她對先前那個問題立刻點頭，也許就能多少揮去我的迷惘……也許我就能夠下定決心，和另一個自己成為真正的「魔王」。

失去一切，但至少拯救莉迪亞……

最後，被她親手所殺。

也許我會能夠答應這樣的未來。然而，莉迪亞不點頭。

這是為什麼？

我剛想到這裡——

「大家叫我什麼英雄啦，『勇者』啦，但我沒那麼了不起。不，反而……覺得被人這麼稱呼，也許就證明了我是個沒救的人。」

暮色中，莉迪亞喃喃自語。

她是基於什麼樣的意圖說出這樣一番話？但在我問起她的真意之前……

「……到啦。」

莉迪亞一句話剛說完，就開始下降。

我也跟著照辦……下降到了地面。

那兒有的只是一片廢墟。

相信以前，這個地方曾經是個很壯闊的城郭都市。

如今，許多建築物都不成原形，哪兒都看不到人。

「這裡是……」

「這裡，是我犯下的罪。」

莉迪亞露出苦澀的表情。

緊接著——

我們四周突然發生大量的黑霧……

這些霧氣逐漸變成骷髏的形狀。

「……死者的餘聲(Ghost)？」

人死之際，都會發出某些思念。

當這種思念實在太強，就會一直以思念體的型態，永遠留在原地。

死者最後發出的意志洪流，就是死者的餘聲。

而這些傢伙——

死後仍然留下，表露自己的感情。

「莉迪……亞啊啊啊啊啊……！」

「惡魔、惡魔、惡魔啊啊啊啊啊……！」

「把我的小孩還給我啊啊啊啊啊……！」

「下地獄去吧啊啊啊啊啊啊啊……！」

這些全都是對莉迪亞的恨，對莉迪亞的殺意。

死者的餘聲在她周遭翻騰，散播詛咒的怨念。

但它們是沒有實體的思念體，因此無法對活人造成肉體上的影響。

然而……精神就不一樣。

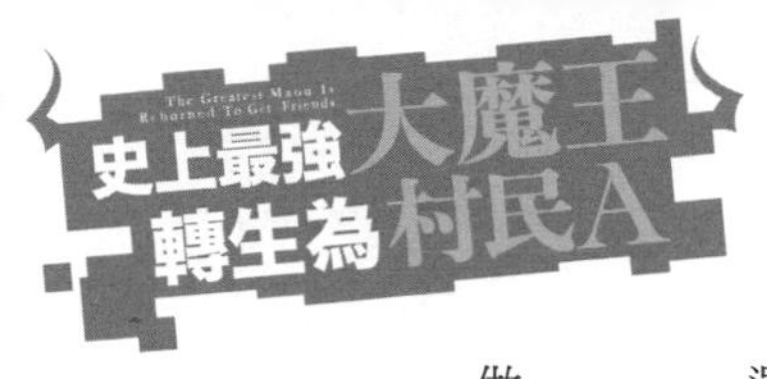

莉迪亞露出難受的表情，喃喃說道：

「還是很難熬啊。就算知道非面對不可，還是忍不住會想逃避。」

她的表情，像是隨時都會哭出來……

我下意識地開了口。

「這到底……」

「剛剛不也說過嗎？這些就是我所犯的罪。這裡曾經是只有『魔族』居住的都市。然後……我們以前進攻了這裡。因為這裡是戰略上的要地，是個說什麼都非得拿下不可的地方。」

莉迪亞以懺悔般的面容，繼續說道：

「攻陷城池和打倒將兵，都很簡單。可是……占領卻很困難。平民不但不聽我們的話，還夜襲我們……」

莉迪亞以顫抖的嗓音，說出了結果。

「我們……把平民殺了個精光。不分老幼婦孺，一個都不留，全都殺光……要是不這麼做，我們就會有人犧牲。所以，我們採取了最適當的行動。」

莉迪亞的眼睛終於浮出淚水。

她的表情裡，有著強烈的後悔與自我厭惡……

我第一次看到她露出這樣的表情。

不，說來，連這件事本身……都是我第一次聽她說起。

……看不下去。

我這麼想，開口想緩頰，然而……

「對方不都是『魔族』嗎？既然這樣——」

「你要說那就沒有辦法？殺了他們也不是罪？……我可實在沒辦法這麼想。」

莉迪亞拒絕了。

她拒絕了所有用來原諒自己的藉口。

「人類和『魔族』哪裡不一樣了？人類把『魔族』當成怪物對吧，覺得這些傢伙很可怕，就和魔物沒什麼兩樣，對這點深信不疑……我以前也是這樣。可是，我發現這是錯的。不管是人類還是『魔族』，骨子裡都一樣。」

所以——

莉迪亞先述說出這樣的前提，然後勉力擠出了接下來的話。

「我就只是個殺人凶手。我有這個自覺，但之後還是繼續弄髒自己的手……真正該叫做怪物的，應該是像我們這樣的人吧。」

對於這樣的結論，我完全無法反駁。

妳才不是什麼怪物。

妳不也是為了大義，無可奈何才這麼做的嗎？

這種罪不是只有妳一個人扛。

在意也沒用。

……然而，所有的話語都並未通過喉頭，就消失了。

莉迪亞不想要任何安慰或饒恕。

因為她……已經得出了一個結論。

「我啊，已經決定了自己的死法。我要戰鬥、戰鬥、戰鬥到最後。如果能夠打造出一個世界，讓人類不受任何人威脅，如果可以……最好『魔族』也一樣，讓所有人都不用悲傷難過……到時候，我想要盡可能死得悽慘。」

這就是我唯一能夠原諒我自己的方法。

莉迪亞這麼說了。

她的眼神是那麼清澈，沒有絲毫迷惘……

像是完全封殺了所有的反駁、所有的反對……

在我看來，這樣的眼神好殘酷。

我什麼話都說不出來，只能呆呆站在原地，莉迪亞對我一聲輕笑。

「我不值得任何人扭曲自己的信念，又或者不惜犧牲自己來救我……不管我走上什麼樣

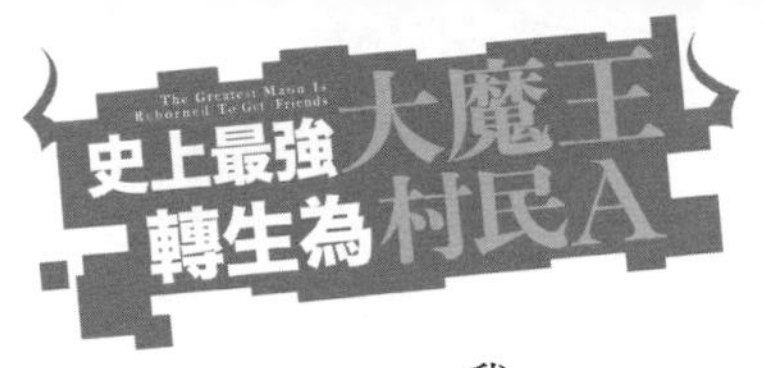

的末路，誰都沒有必要放在心上。」

沒有這種事。

我想這麼反駁，但辦不到。

因為我已經知道，不管說什麼都沒用。

這種時候，莉迪亞絕對不會改變心意。

她的自我厭惡與罪惡感，以及隨之而來的目的意識……

已經在她心中轉變為信念。

所以……

「……那我們的心情會怎麼樣？如果您那樣死掉……！」

我只能像個孩子似的鬧彆扭。

莉迪亞摸著我的頭，用開導似的語氣說：

「不管怎麼樣，罪都必須去清償。至少，我要是不這麼做……就沒有辦法死得抬頭挺胸。

我覺得怎麼活也很重要沒錯，但怎麼死更重要。所以……」

她直視我的眼睛。

她的眼神，仍然像是看穿了一切。

相信實際上……她也感知到了一切。

莉迪亞知道一切，卻還對我說：

「不要改變我的死法。」

她滿面的笑容，有著幾分落寞。

看著我的眼神，帶著幾分過意不去。

然而……卻又像是在表明，她絕不打算改變心意。

……莉迪亞。

如果這就是妳的心願，我……！

我握緊拳頭……

莉迪亞所犯之罪的證明，仍在散播詛咒的怨念。

暮色漸濃的天空下。

咀嚼著自己得出的答案。

第五十一話　前「魔王」與古代世界最後的戰場

面臨戰鬥的戰士們，心中會萌生非常多樣的感情。

不安、恐懼、憤怒、喜悅、昂揚……

然而——

這裡有兩個人，並未懷抱上述感情之中的任何一種。

王都金士格瑞弗，「勇者」莉迪亞的宅邸。

伊莉娜與吉妮兩人，坐在室內的床上，散發出沉重的氣氛。

她們兩人的頭髮上，簪著玳瑁色的髮飾。

這是前幾天，莉迪亞為了答謝兩人讓她借走亞德一整天，送給她們兩人的禮物。

就藝術這方面而言，古代世界大大不如現代，但這款髮飾相當美麗，美得讓來自現代的她們兩人都很中意，然而……

「該怎麼說……我們被拋在後頭了呢。」

伊莉娜把玩著髮飾，一副鬱悶無處宣洩的模樣，嘆了一口氣。

吉妮似乎也懷抱著同樣的心情，點頭回應伊莉娜。

「的確，從來到這邊後，我們完全欠缺了存在感呢。」

「……知道是知道。可是，就是不想承認呢。」

伊莉娜特意不說出來。

她們對亞德而言，就只是包袱。

她不說出這嚴峻的事實。不，是說不出口。

「……我明明想和亞德並肩而行，也在努力。可是，現實卻是這樣啊。」

人生絕不會順心如意。無論有著多高的天賦，也不例外。

這是以前父親對伊莉娜說過的話。現在，她咀嚼著這句話。

心情無可避免地黯淡。但另一邊……

吉妮獨自揮開沉重的氣氛，說道：

「可是，妳不會選擇放棄吧？」

「……那當然。」

「是嗎？如果妳肯放棄，我的亞德萬人後宮計畫，就可以順利進行了呢～」

「一萬……人數變多了吧？」

「那又怎麼樣？」

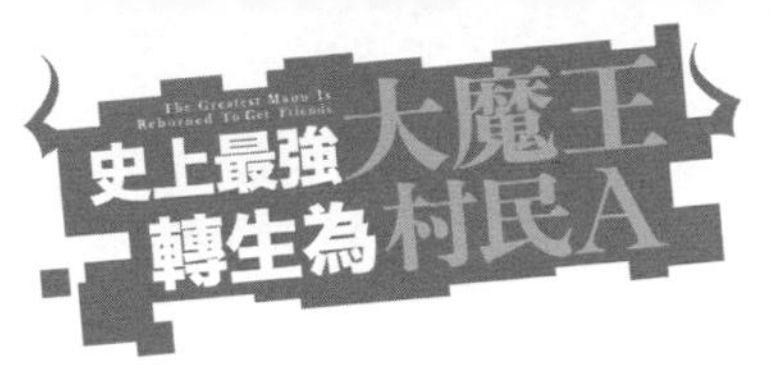

「……無所謂，管妳說多少人都沒有差別，我絕對不容許什麼後宮。」

她露出不高興的表情，瞪著吉妮。

魅魔族少女一臉不在乎的表情應付她的視線，動了動頭上的翅膀。

「唉……妳真的很冷靜呢。我還以為最在意被丟到後頭的人會是妳耶。」

「……要說不在意，就是騙人的。可是……」

吉妮摸著戴在桃紅色頭髮上的髮飾，回顧過去似的瞇起了眼睛。

「我答應過莉迪亞大人，說我要什麼都不想，總之拚命往前跑。所以，我不會再消沉了。有時間消沉……還不如朝著想去的地方拚命往前跑，這樣還比較有建設性，不是嗎？」

「……也對。妳說得對。」

吉妮微微一笑，伊莉娜也回以像是想開了的笑容。

「那麼，我們就一起衝刺吧！在亞德回來前，我們就好好努力做我們能做的事！」

她滿心想活動身體。

吉妮似乎也有同樣的想法，對伊莉娜的話表示贊同。

於是兩人為了鍛鍊魔法，正要前往中庭……

就在她們剛起身時……

「失禮了。」

一名少女連門也不敲，就走進室內。

是莉迪亞的部下，被派去照料亞德生活起居的奴隸出身少女……拉蒂瑪。

她有著好認的褐色皮膚與白髮，面無表情看著她們兩人的臉……

「有重大消息要通知兩位。」

嚴肅地開口說出這句話——

亞拉利亞平原西部。這個方位，有著一整片起伏稍顯醒目的丘陵地帶……

這裡就成了這場戰事的主戰場。

古代世界的行軍，有著快得讓現代人難以置信的速度。

從早晨出發，到抵達這個地方，甚至花不到半天。

時刻是下午……然而，天空卻完全看不到通透的藍。

今天是陰天，多半是理由之一。然而最大的原因仍然是——

密布整片天空的大群飛龍。

也不知道「魔王」用了什麼手段，他讓無限的魔物聽從命令，建立起了軍隊。

其中作為航空戰力的飛龍，數目多得讓人已經提不起勁去估算。

這些用自己的體色填滿天空的飛龍，當然並不只是飛在那兒。牠們睥睨著大地上展開的戰況，不停從口中吐出火球。

由無數飛龍展開空襲。

若是看在現代人眼裡，多半會覺得彷彿末日的光景。

然而……對古代的戰士們而言，並不是什麼需要放在心上的狀況。

為什麼？

因為萊薩．貝爾菲尼克斯站在那兒。

他是四天王之一，也是身經百戰的強悍老將。外號是「難攻不落的絕對防禦」。

他與他所率領的部隊，尤其擅長防禦與治療魔法，現在止充分扮演好守護者的職責。

戰場後方一個略高的小山丘上。

萊薩與他的部隊，俯瞰著戰場上的熱氣，始終持續做好他們的工作。

那就是遠距發動防禦魔法。

萊薩等人對於灑下的火球，持續對每一名士兵不斷施展防護魔法。

透過這樣的運作，讓這群飛龍完全失去了作用。

可怕的是精確度與專注力，以及那無窮盡的魔力量。

相較於萊薩部隊只有一萬人，參加戰鬥的士兵總數超過八萬。
對於八倍以上的人數，始終抓準完美的時機，從遠距持續施展防禦與治療魔法，是現代人根本無法想像的事情。
實實在在就是神話。
「……這光景相當有看頭啊。」
萊薩一邊盡到自己的職責，一邊發出重低音說話。
他尖銳的眼光捕捉到的——
是得到壓倒性戰果的鋼鐵巨人。

那十分巨大。
那十分雄偉。
那——絕對壓倒性的強大。
大得需要仰望，強得不可收拾，而且——
帥得無以復加。
那實實在在，是小孩子的妄想。

由「天才天災」魔法學者維達，親手打造出來的魔法兵器傑作。

名稱叫做「魔導機兵（Golem）」。

這具輪廓高大、粗壯又粗獷的巨人，單騎就足以匹敵上萬的兵力。

它全身都是凶器，光是活動就足以擊潰無數魔物。

對跑在地面上的大群蜥蜴人，全不當一回事。

對迎面而來的巨龍，則以必殺的破壞光線攻擊。

這具超兵器發揮壓倒性的莫大力量，在戰場上大放異彩。

而在機體內部的駕駛座上……

「嘎哈哈哈哈！我～～就～～～～是～～～～神～～～～啊～～～～～～～～！」

維達．阿爾．哈薩德超級亢奮地喊個不停。

駕駛座採用最新的魔導裝置，能夠三百六十度看到戰場的每一個角落。而且冷暖氣齊備，各式點心也很齊全。座椅有按摩功能，可說應有盡有。

然而，為了維持這壓倒性的舒適與壓倒性的性能，對操縱者要求的魔力量門檻也就極高……現階段，能夠充分駕馭這「魔導機兵」的人，就只有維達。

「去吧爆裂飛拳～～～～！就是現在，必殺的魔導颶風！」

就像小孩子在玩一樣，掃蕩魔物大軍。

眼看鋼鐵巨人勢如破竹的進擊已經無人能擋……就在這時——

【嗶！嗶！受到敵人攻擊！受到敵人攻擊！】

警報聲充斥在駕駛室內。

……這款魔導兵器有著幾個弱點。

那就是因為身軀巨大而缺乏機動力。以及……

由於體型巨大，很難對付小而快的敵人。

維達倒也不怎麼慌，看著在機體表層飛奔的敵人。

「呃…………哎呀~是金狼人(Gold Werewolf)啊？這可是最麻煩的對手了。」

金狼人是有著黃金色毛皮的狼人總稱。

他們在地上的機動性，在所有魔物中堪稱頂級。

他們的爪子，連堅固的魔鐵鋼，都能像切奶油一樣切斷。

這樣一群傢伙，把巨大的機體體表當成自己家似的飛奔，一路割開裝甲板。

看到這種情景，維達依然保持鎮定。

這固然有一部分是因為膽識過人，然而……

最重要的原因是，這個戰場上，有「她」在的事實。

「對速度就該用速度來對抗呢~所以…………拜託妳啦。」

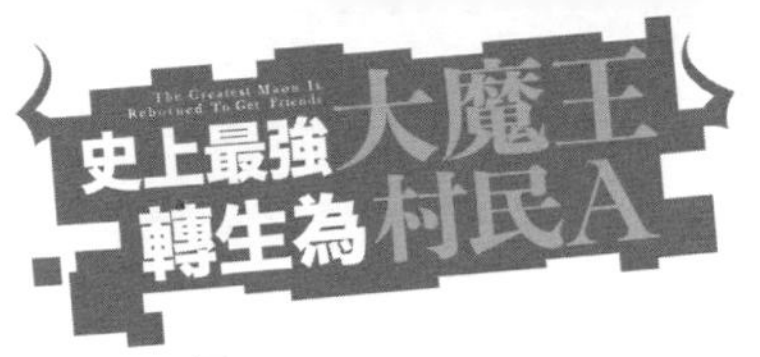

維達露出淡淡的笑容。

就在這一瞬間──

這群在機體表面恣意飛奔的黃金獸人，全都在同時被一刀兩斷，悉數斃命。

發生了什麼事？現代人當然不用說了，即使是古代人，能夠理解的人應該也很少。

然而，對於身為四天王之一的維達而言，這個事態並不特別需要在意。

「哎呀，果然有一套。」

她自言自語，視線所向之處……

是剛結束攻擊，立刻奔往其他地方的集團身影。

「妳還是一樣帥氣呢！奧莉維亞！」

這個集團，氣氛有點異樣。

黑。

全身上上下下，都是清一色的黑。

這些人穿著一身像是披上夜色，追求輕便的裝束，嘴也同樣用漆黑的布遮住。至於這個

黑得徹底的集團名稱……

人稱「斬魔眾」。

成員幾乎都是獸人族，是由她這個頭目調教出來的劍客集團。

他們會像一陣漆黑的風似的飛奔，以神速的劍法斬斷錯身而過的大群魔物。

站在這些人最前面的，是四天王之一。

「史上最強的斬魔士」——奧莉維亞・維爾・懷恩。

她也和眾人穿著同樣的裝束。

然而，她全身散發出來的風格與威壓感，卻是無與倫比。

她所佩的魔劍艾米納潔，這個名稱來自超古代言語，意思是斬斷者。

夜色的刀身長得遠超過她的身高，卻又細得像是猛力一碰就會折斷。這件兵器，簡直像在體現她自己。

由她當成自己弟弟的瓦爾瓦德斯鍛造出來的這把魔劍，能夠斬斷萬物。

再加上奧莉維亞的劍術，以及獸人族特有的技能……不消耗魔力就能強化身體機能，讓她成為名符其實的鬼神。

「……櫻花之陣。」

聽見她小聲發出的這個命令，整個集團迅速有了行動。

眾人一齊散往四面八方，就像漣漪似的散開，斬殺魔物。

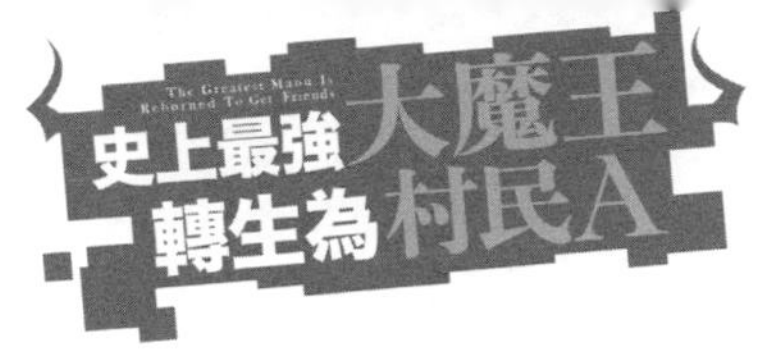

散開到一定的範圍後，又回歸頭目奧莉維亞身邊，繼續飛奔。

他們的默契，是全軍最優秀。

所有人團結一致地獵殺敵人，簡直像是一群狼。

相對的——

「哈哈哈哈哈！上啊啊啊啊啊啊啊啊啊啊！」

這些人的作風則與奧莉維亞軍相反。

歡樂的喧譁聲中，攻擊魔法就在她的部隊旁施放開來。

極粗的雷電直線竄過，將許多魔物化為焦炭。

「噗哈哈哈哈！這次的打賭是你輸啦！」

「可惡啊啊！就差那麼一點了耶！」

一陣和這地獄般的戰場很不搭調，像是小孩子熱中於遊戲似的笑聲。

轉頭看去，看見的是——

「沒辦法！那我就去接受處罰！」

一名士兵離開同伴群，孤身衝進大群魔物當中。

「呀哈哈哈哈哈！人體炸彈是吧？」

他大聲又笑又叫……

然後以魔法的力量，讓自己的身體從內側爆炸。

大量的超高熱爆開，將無數魔物捲入。

看到這個情形，自爆士兵的伙伴們捧腹大笑。

「……物以類聚，說的就是這麼回事吧。這些狂人。」

充斥在戰場上的是什麼？

相信有些人，會回答是悲劇。

相信有些人，會回答是恐懼與痛苦。

無論如何，說出來的肯定都是負面意義的字眼。

然而——

對他們而言，戰場並不是那麼令人悲觀的現場。

對於阿爾瓦特．艾格傑克斯所率領的部隊而言，所謂的戰場，以及所謂的戰事——

就是最棒的遊樂場。

「好，接下來換砍頭遊戲！」

「咦咦，不要啦，我才不要跟你玩這個，贏的一定是你啊。」

四周的吼聲與破壞聲圍繞下，極為悲慘的光景中，只有他們笑得十分歡暢。

陣形？沒有。

戰術？沒有。

默契？沒有。

目的……開心就好。

阿爾瓦特的部隊，這次也一樣恣意散開，各自恣意廝殺，然後──

恣意陣亡。

每個人都還開心地開懷大笑。

阿爾瓦特．艾格傑克斯飄在半空中，眺望著這樣的景象。

「啊啊，我的同胞們啊，看你們這麼開心，真是再好不過。可是……我對你們實在是羨慕得不得了。真沒想到，竟然會無趣到這個地步。」

他直到先前，也都活躍地奮勇殺敵，功效之大可說萬夫莫當。然而……過了一個時間點後，他忽然停手，就像放棄戰鬥似的飄上半空中。

理由只有一個。

就是他殺膩了。

對魔物的戰鬥，讓他膩得受不了。

「對上畜生，終究還是不起勁啊。所謂的戰鬥，是最極致的溝通，所以兩者之間必須有愛。然而，對上這樣一群魔物，自然孕育不出愛情……啊啊，這樣豈不是淪為空虛的自慰行為了嗎？」

他以演戲般的聲調，誇張地嘆了一口氣。

接著阿爾瓦特仰望著被飛龍遮住的天空，大喊：

「然而我阿爾瓦特的信條之一！就是要化無趣為有趣！因此我要為這太無趣的現況注入變數！化為有趣的戰場！」

他在有著中性美的面孔上露出瘋狂的笑容，大大攤開雙手。

接著——

「『我乃生於混沌之中』『與哀怨同活』『臨終擁抱虛無之人』。」

許多幾何紋路在他四周出現又消失，消失又出現——

每次都讓這個術式更接近完成。

「『我的生涯沒有意義』『雖說末路無為至極』『因此我至少』——」

詠唱剛進行到這裡。

戰場上的所有存在，不分人魔，都仰望上空。

將視線集中在這個叫做阿爾瓦特的怪物身上。

這一瞬間——

鬥志從戰場上消失，不分敵我，都被一種奇妙的團結感綁在一起。

所有的意志匯集為一個念頭。

那就是——

非得阻止那個怪物不可。

不盡快阻止他，就會發生可怕的事。

然而，最強也是最瘋狂的戰士阿爾瓦特，完全不把懷抱這種危機感的旁人放在眼裡——

「『開啟吧，獄門』。」

就在他繼續詠唱之際。

遠方傳來這麼一句話的下一瞬間——

阿爾瓦特周圍顯現出多個黑點。

緊接著——

「哼哈！挺狠的嘛！」

他加深了狂笑，中斷詠唱，立刻從原處跳開。

剎那間，黑點產生了強大的吸引力，天空中交錯飛舞的飛龍，轉眼間都被吸了進去。如果再晚一步逃開，阿爾瓦特多半也已經走上同樣的下場。

「哼哼哼……！主上，您示愛的方式還是那麼激情啊。」

阿爾瓦特視線游移，看向遙遠的遠方，滿心憐惜似的喃喃說道。

「……嘖！被躲開了嗎？」

遠離戰地的後方。

大本營正中央，瓦爾瓦德斯坐在簡易的椅子上，啐了一聲。

他絕世的美麗容顏上刻有苦澀，看上去就很不高興。

原因就在於某個笨蛋、變態、戰鬥狂。

某個就在前不久，不顧場上狀況，就想打出危險牌的蠢材（阿爾瓦特）。

「那個混帳傢伙，果然又給我失控了。所以我才討厭讓他加入戰列……！啊啊，真是的，我胃痛得受不了……！」

他優美的眉心擠出垂直的皺紋，抖腳抖個不停。

瓦爾瓦德斯這個人，就是美得連做這樣的動作都很上相。

侍奉這美麗國王的近衛之一——玫瑰騎士里維格，苦笑著說：

「然而主上，若不是有阿爾瓦特大人與他的部隊，戰線多半也會難以維持吧。」

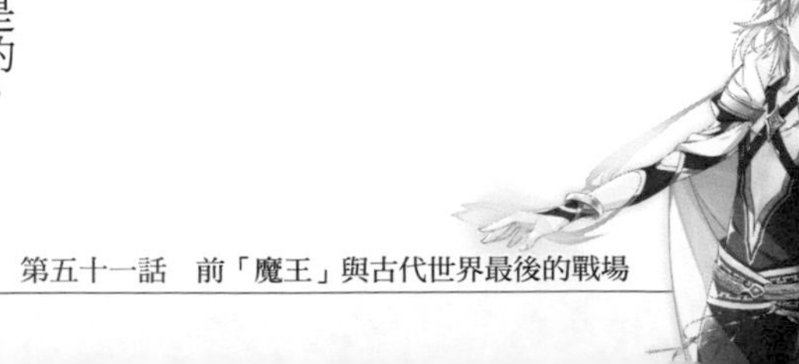

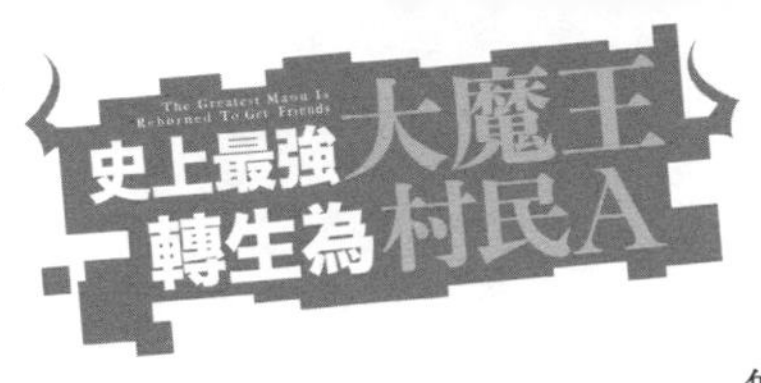

「對，是啊，你說得對。畢竟如果只看實力，他們就是我軍最強的部隊……受不了。為什麼上天會把力量賜給那群腦袋有問題的傢伙……」

他重重嘆氣。

接著瓦爾瓦德斯似乎恢復了鎮定。

「……里維格，你對這戰況怎麼看？」

「是，微臣認為雙方勢均力敵。」

「也就是最壞的情形了是吧。」

部下沒有回答，而這正是最明確的回答。

「魔物的數量本身不成問題。但棘手的是……不管怎麼削減都不會有盡頭，實實在在是無限的兵力啊。」

無論如何削減，每次都會有新的魔物湧現，數量始終不減少。

這是以什麼樣的原理辦到，連瓦爾瓦德斯都無法理解。

「我宣告說要在一天內結束，就不知道會變成怎樣了。」

「……如果有什麼通往城堡的祕密出入口就好了。」

聽到近衛吐露的這句話，讓瓦爾瓦德斯露出苦笑。

「就算有，我們應該也找不到吧。畢竟都叫做祕密出入口了。」

不管怎麼說，狀況並不樂觀。

再這樣下去，不管打多久，都接近不了敵城。

若說有誰能打破這樣的狀況，終究還是……

「唔喔啦啊啊啊啊啊啊啊啊啊啊啊啊啊啊啊！」

腦子裡才剛想到一名女子，這名女子的吼叫，就一路傳到距離遙遠的此處。

「她、她的音量還是那麼驚人呢。」

「……哼。」

他手拄著臉頰，哼了一聲。表面上一臉不高興的表情。然而——

內心卻是……

（拜託妳啦，莉迪亞。）

美麗的國王神馳於好友活躍的英姿，暗自展露笑容。

「勇者」莉迪亞所率領的部隊，乍看之下像是毫無秩序地胡亂活動。

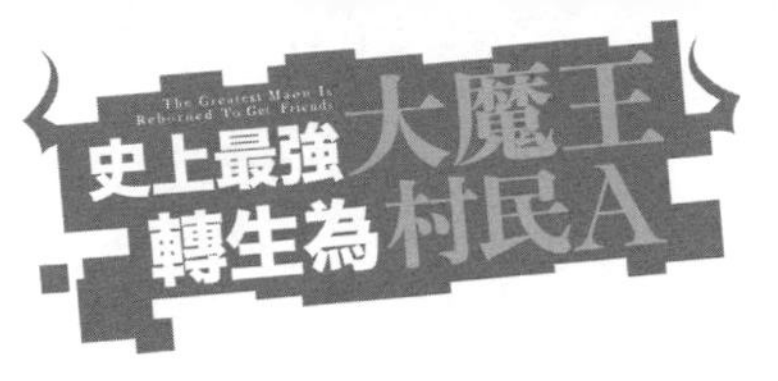

沒有規律，一點都不整齊，簡直像一群外行人。

然而，這是不世出的天才軍師，人稱「最有智慧的勇者」的少女，所構思出來的一種高深的兵法。

作為核心的游擊部隊……以莉迪亞為隊長，席爾菲擔任副隊長的這一隊，實實在在展現出驚人的活躍。

莉迪亞的聖劍瓦爾特．加利裘拉斯一出手，一刀就能將無數魔物一刀兩斷。席爾菲也不認輸地以魔法與劍術，接二連三掃蕩敵人。

在這樣的奮戰中。

席爾菲嘛起嘴大喊：

「啊啊，真是的！有夠累人！要是那傢伙在，就可以輕鬆點了耶！」

所謂的那傢伙，指的應該就是不在場的他。

也就是那個叫做亞德．梅堤歐爾的少年。

……這個時代的席爾菲，並未和他度過多長的時間。

不同於現代的她，這個她對亞德並未懷抱特殊的觀感。

然而……這個時代的席爾菲，也肯定亞德的實力。

但也正因如此，才對於他不在場的情形生氣。

「竟然在進軍中跑去別的地方！這絕對太離譜了！該不會是怕了吧？」

席爾菲一邊斬殺魔物，一邊嚷嚷。

虧她還想和他並肩比拚戰果。總覺得愈想愈火大。

看到她這樣，莉迪亞苦笑著說：

「還好啦，他應該也有該做的事……先不說這些……」

說到這裡，莉迪亞眼神轉為犀利。

「……有些奇妙的動向啊。」

她說出這句多半只有她自己懂的話後——

望向了東方，然後又說出了一句只有她自己懂的話。

「果然弄成這樣啦？」

◇◆◇

亞拉利亞平原西部，滅亡的大地。

這個名稱，起因於當地的景象及特殊性，以及歷史淵源。

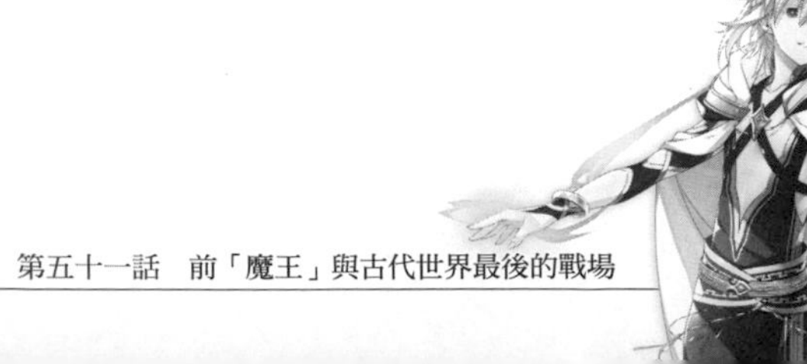

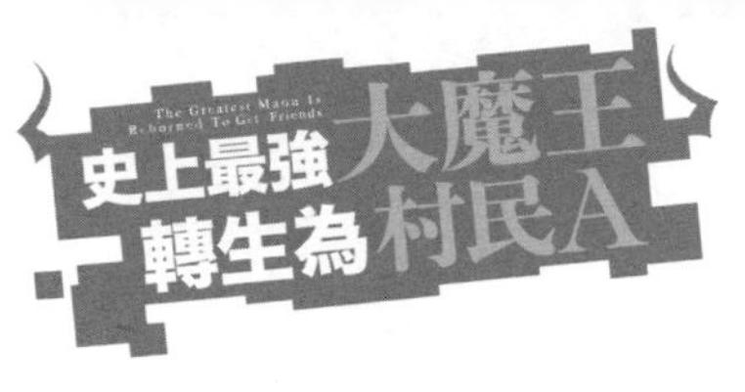

這一帶在比古代更久遠的所謂超古代，曾是一場大戰的舞台。
一方是支配超古代世界的神祕存在「舊神」。
另一方……則是同樣神祕的超越者「外界神」。
兩大巨頭的劇烈衝突，對這塊土地造成了莫大的影響。
雖然不清楚是什麼樣的原理，但這塊土地持續飄散著輕度的詛咒，平凡的生物光是踏入這裡，就會致命。
若是像我這樣魔法抵抗力夠高的人，倒也不會怎麼樣，然而……
這滅亡的大地，彷彿憎恨這世界的一切，拒絕萬物。
因此，此地只有滅亡的光景。
也就是……一整片寂寥的荒野，綿延到地平線的另一頭。
在這了無風情的所在……
我和另一個自己重逢了。
迪薩斯特．羅格
他還是一樣，用黑色的鎧甲遮住全身，看不出表情。
他是想到遙遠戰地的狀況，心懷焦躁？
還是正在思索某種計謀而竊笑？

不管怎麼說——

無論我，還是他，該做的事情都只有一件。

「……說出你的回答吧。」

他的聲音像是會撼動我整個人。

聽他問起，我先深呼吸一口氣……

「我——」

將我讓他等了幾天的答案。

將我得出的結論。

明白地說出口。

「我……不救莉迪亞。」

第五十二話　前「魔王」VS現「魔王」

寂靜延續了良久。

緊張感幾乎讓皮膚熱辣辣的。

這是因為站在對面的這個人……

另一個我──迪薩斯特・羅格所散發出的壓力造成。

「……你為什麼得出這樣的結論？」

形狀尖銳的頭盔下，發出尖銳的呼喝。

聽他說得不容拒絕，我握緊拳頭說：

「因為她不想要這樣。我……我知道了她的願望。莉迪亞說，她想扛著『勇者』這個稱號，然後……最後能以贖清自己罪惡的方式死去。」

「……你真的想實現她的這個願望？」

我什麼話都不回。

就只是默默瞪著對方。

接著——

陰天下，寂靜之中，羅格鎮定的說話聲響起。

「……也好。那我們就開始吧，開始這場『無趣的鬧劇』。」

這一瞬間——

我預感到對決即將開幕——

立刻往旁跳開。

緊接著，我剛才所站的地方，一道光芒萬丈的光柱直衝天際。

如果被這直穿破雲的光柱轟個正著，也許還真有點危險。

然而——

「還在牛刀小試是吧？」

我小聲說完，回敬對方一招。

羅格頭上顯現出七個魔法陣，一會兒後，這些魔法陣發出了雷鳴。

「七重詠唱（Seven Cast）」的遠距發動。

看在現代「魔導士」眼裡，會是令人難以相信的神技，然而……

對這個敵人來說，想必毫無驚奇。

因為他就是我自己。

從天而降無數道雷光。換做是凡庸的對手，這一招多半已經分出勝負。

「……簡直兒戲。」

但對他不管用。

羅格一步也不動，承受住了這些攻擊。

大量的雷擊撲向他全身，然而……

這些全都受到漆黑的鎧甲阻擋而消失。

「……這魔裝具不錯啊。」

「哼，再也沒有誰的稱讚比你更沒意思。」

他回答的同時，出手反擊。

魔法陣圍繞在我四周出現，隨即噴出灼熱的業火。

我跳躍躲開。

才剛躲過一劫，空中已經出現魔法陣等著我。

這個從正面顯現的魔法陣，湧出黃金色的洪流。

這招在現代是不用說，即使是古代，若是平庸的戰士遇到這一招，也將分出勝負。

然而，對我不管用。

「……沒意思的一招。」

我伸出一隻手，張開屏障，完全擋住這一招。

我著地後，羅格以五花八門的魔法，做出千變萬化的攻勢。

相較於敵人站著不動，始終搶攻，我則在他周圍繞著圈子，專心閃避與防禦。

偶爾出招反擊，但還是被他的鎧甲擋住，沒有任何效果。

然而……

「這招如何？」

我用屏障擋下對方的攻擊後。

緊接著就將魔力，灌進從先前就一直準備到現在的術式。

剎那間——

一個圓形的魔法陣建構出來，圍繞住羅格。

隨即有薄膜從這形狀獨特的魔法陣張開——

變成橢圓形的薄膜罩住羅格的同時，他單膝跪到了地上。

「唔……嗚……！」

羅格發出悶哼。

看在第三者眼裡，多半無法理解那薄膜中發生了什麼情形。

羅格肯定也沒料到我會有這麼一手。

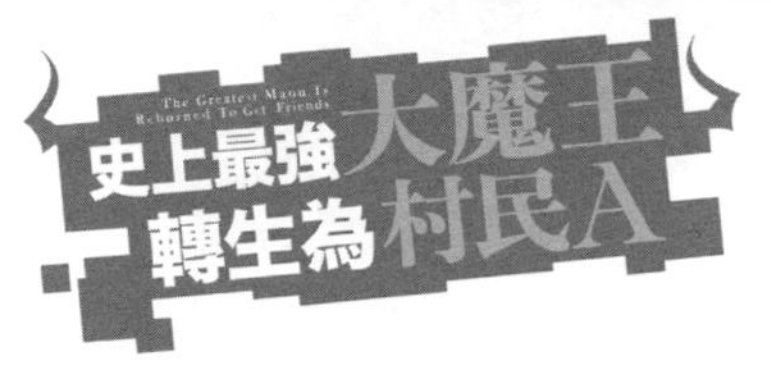

畢竟這是我當場創作出來的即興魔法。

那是結界魔法的應用版，對關在內部的人施加非比尋常的壓力。

換做是一般敵手，多半一瞬間就會被壓成一小團，然而……

這個敵人，果然沒這麼容易被幹掉。

只是話說回來……

「唔，嗚，喔……！」

鎧甲竄出裂痕。

最先碎裂的是頭盔。

他的身軀外露在空氣中，因難受而流下的汗水，被壓力擠得四散。

鎧甲沒這麼容易壓扁，然而，只是時間問題。

如果他就這麼不做任何處置，多半在二十秒以內就會分出勝負。

……我明白這是不可能的。

因此——

「這……招……可相當了得啊……！」

即使下一瞬間，我即興創作出來的魔法突然消失，也沒什麼好吃驚的。

「……解析是嗎？」

看到羅格擺脫了壓力，讓呼吸平穩下來，我喃喃說了一句話。

解析。

這是我在魔法方面的特長。

只要是以符文言語建構出來的魔法，最久只要三秒。至於符文以外的魔法，扣掉部分例外，大約十秒左右，就能掌握術式的全貌。

然後……根據解析到的內容，建構出抵銷的術式。

藉由解析，理論上得以做到無力化一切術理。

將這解析與對應能力更進一步發展而成的，就是我的「專有魔法」。

……這些能力他全都擁有。

畢竟敵人就是我自己。

既然如此，這場對決……

「無論如何，都分不出勝負，是嗎？」

要如何推翻這個狀況？這個命題可說極為難解。

我過去為了因應各式各樣的狀況，創造出了無數的樣版，然而……

遇到要和自己打的狀況，該怎麼辦才好？

對在這個主題上，我實在不覺得有辦法解決，所以特意置之不理。

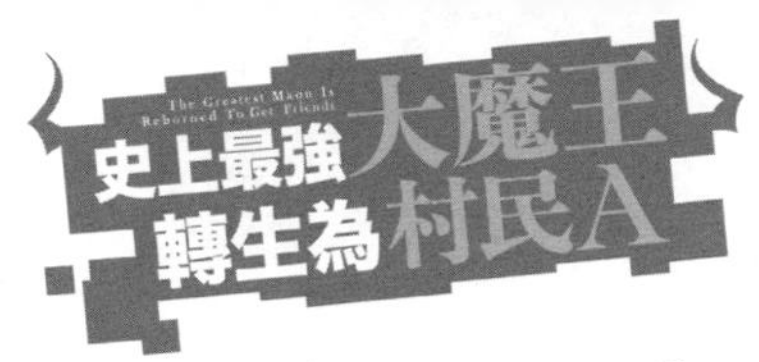

真沒想到偷懶的代價，會以這樣的情形反撲到自己身上。

那麼，該怎麼辦呢？

……我才剛想到這裡。

「呼。果然不應該和你為敵啊。這麼說也會變成自誇，不過……哪兒都找不到像你這麼可怕的敵人。」

他一邊說話，一邊似乎覺得鎧甲礙事，於是消除了鎧甲，轉換為一般的古代衣服。

……不知不覺間，他的戰鬥意志已經消失。

看到他一副彷彿一切都已經結束的態度，我不由得大惑不解。

對於這樣的我，羅格露出淡淡的微笑……

「你難道認為我料不到事情會變成這樣嗎？如果你真的這麼想，那就太輕敵了。亞德．梅堤歐爾，你最好多了解自己一點。你對自己沒能給出正確的評價。」

他說著這些莫名其妙的話……沒錯，在這個時間點上，我完全無法掌握他想說什麼。

然而——

「你都沒有疑問嗎？為什麼我叫你來的日子，跟這個時代的我展開作戰行動的日子，會在同一天……從結論說起，這次的戰事就是為了拉攏你加入。想來我的戰事本身多半會落敗，但我對這次搶來的土地根本不執著。只要得到你這顆棋子，其他事情都不重要。」

聽完這番話的瞬間——

我隱約想像到他的圖謀……

「你難不成……！」

焦躁化為言語，脫口而出。

羅格似乎確信自己的勝利，加深了微笑，同時發動了一個魔法。

那是望遠的魔法。

我們頭上出現一個巨大的鏡面……

「來，讓我推你一把。」

彷彿在回應他說出的這句話，鏡面照出了遠處發生的情形。

而這內容是……

光線昏暗，多半是地下室。

空中飄著一個發出妖異光芒的巨大紅色寶石。

寶石旁……有兩名少女被固定在十字架上。

是伊莉娜與吉妮令人心痛的模樣。

第五十三話　前「魔王」的朋友們，遭到毒手

時間回溯到稍早……

「有重大消息要通知兩位。」

聽到褐色肌膚的少女拉蒂瑪這麼說，伊莉娜與吉妮露出疑惑的表情。

「重大？」

「消息？」

「是。要請兩位立刻出擊。我來帶路，還請跟我來。」

為什麼？

但拉蒂瑪甚至不給她們機會問這個問題，已經走出了房間。

她們不明所以，然而……

「這是不是表示，也有一些事情是我們能做的？」

吉妮自言自語，伊莉娜什麼也不回答……

但目光望向了放在房間角落的，亞德親手打造的魔裝具。

她們穿上全套裝備，走出宅邸。

換上戰鬥用輕裝的拉蒂瑪，已經站在那兒等著。

「我們一邊移動，一邊說明情形。」

她的口氣仍然不容分說，這次似乎也不讓她們有時間抱怨這一點，說完立刻就跑了起來。

她前往王都正中央，過了門往外跑。

然後在大道上行進。

拉蒂瑪的奔行速度實在是非比尋常。

速度快得會把聲音拋在後頭。換做是原本的伊莉娜她們，絕對不可能跟上這種速度。然而，現在的她們靠著亞德親手打造的魔裝具……靠著這發出朦朧光芒的脛甲，讓她們得以跟上拉蒂瑪的速度。

（還是不習慣啊……這種感覺……）

周遭的光景目不暇給地往後飛逝。

自己的腳用這麼快的速度躍動，這個現實讓她們的理解跟不上。

魔裝具對身體機能的強化，帶給她們壓倒性強大感的同時……

卻也產生了一種摻雜愧疚與懊惱的，無以言喻的不快。

（這樣太賊了吧。）

（跟亞德拿來的用來作弊的工具……）

（得到這種力量，也沒有任何意義。）

（因為我要憑自己的力量，和亞德並肩才行……！）

心情難免愈來愈低落。

雖然覺得這樣很不像自己，但自從來到這個時代，伊莉娜就失去了往常的開朗。

「……那麼，拉蒂瑪小姐，可以請妳告訴我們是怎麼回事了嗎？」

聽到跑在一旁的吉妮所說的這句話，伊莉娜這才驚覺過來。

沒錯，現在處於緊急事態，不是垂頭喪氣的時候了。

「……妳說的重大消息，到底是什麼事？」

到了這個時候，拉蒂瑪才總算說出了回答。

「我們的出擊，是亞德大人構思的作戰行動。」

「作戰行動？」

「是。亞德大人看穿了『魔王』不死性的真相……首先，他對我說明了作戰內容。然後亞德大人說，要我在適當的時機，帶兩位前往『魔王』占領的城堡。」

……總覺得這番話不太對勁。

亞德看穿了敵人的祕密，對於這一點，她們並不覺得哪裡奇怪。憑亞德的本事，這也是當然的。然而……亞德構思出來的作戰行動，卻不第一個告訴她們，而是告訴拉蒂瑪，這是怎麼回事？

她們直接問出這個疑問，結果……

「這次的作戰重視保密。亞德大人認為如果事先告知兩位，就有可能被內奸發現……兩位如果事先知道自己要扛起重要的任務，還能和平常一模一樣地生活嗎？」

坦白說，沒有自信。不只是伊莉娜，吉妮似乎也是一樣。

這個任務不能因為她們的舉止與態度上微妙的變化，被敵人察覺。所以亞德才會先把計畫告訴拉蒂瑪。

……這個解釋有說服力，但莫名地疑念仍未消散。

「兩位想說的我能理解。可是……還請兩位什麼都別說，調適好自己的心情。目的地已經近在眼前，沒有時間了。」

聽拉蒂瑪說起，伊莉娜仔細觀察四周。

不知不覺間，景觀已經大不相同。

從恬靜的大道，轉變為鬱鬱蒼蒼的綠色……她們已經來到了森林地帶。

「……也對。那麼，把作戰計畫詳細告訴我們吧。」

狀況促使之下，伊莉娜與吉妮都不得不這麼判斷。

一旁的拉蒂瑪則淡淡地說下去。

「首先，關於『魔王』的不死性。對此亞德大人的推測是，對方用了靈體分離的祕法。」

「靈體分離的……祕法？」

「是。所謂靈體分離的祕法，是一種用特殊魔法陣進行的儀式魔法。將自身的靈體從肉體分離開來，封入合適的媒介。這樣一來，接受這項儀式的人，就可以得到不死性。」

聽起來實在太荒誕，但她們也只能接受。

「這個祕法有兩個弱點。首先第一個，封入靈體的媒介與發動者之間，必須維持在一定的距離之內。要是分開太遠，封入的靈體就會回到發動者體內，失去不死性。因此……亞德大人認為，『魔王』親自出馬占領土地的情形下，多半就會將靈體移動過來。」

「……所以就是移動到城堡裡了？」

拉蒂瑪微微點頭。

「對喔，陛下也說過。說只要能攻進城堡，就能得勝。」

這表示亞德與瓦爾瓦德斯，得出了同樣的結論嗎？

這樣一來，可信度也就更高了。只是，令人有疑問的是……

為什麼會移動到城堡內這種很容易猜到的地方呢？

對於這一點，多半是有什麼自己這種後生小輩猜想不到的機巧。

伊莉娜硬逼自己認同，開口說道：

「這祕法的第二個弱點，應該就是媒介被破壞會很不妙吧？」

「是。媒介遭到破壞，就會喪失不死性。」

「……然後就挑上我們來執行這個任務。」

「正是如此。亞德大人發現了通往城堡的祕密通道，經由這條通道，就能夠暗中前往城內──」

「為什麼，會找我們？這種重責大任，對我們……」

這是來自怯懦的強烈疑念。

交給她們的任務實在太重大。毫無誇飾，這是會左右這次戰役的重責大任。

（這樣的任務，為什麼讓我們來辦？）

（是不是應該交給成功率更高的人……）

愈是思考，伊莉娜的表情與心情就愈是黯淡。

就在這個時候──

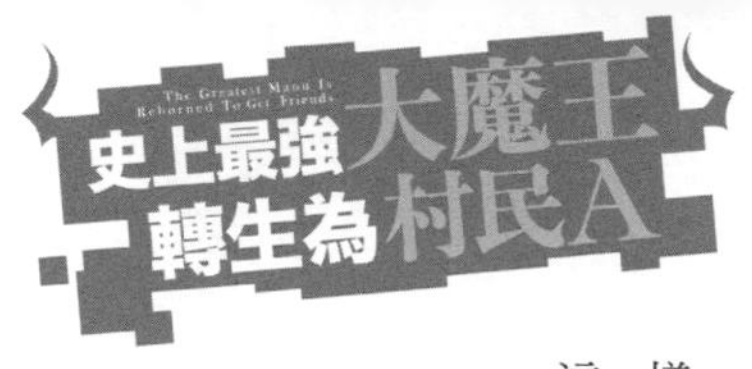

「真不像妳呢，伊莉娜小姐。我還以為妳在這種時候，反而會高興呢。」

吉妮對她這麼說。

「真沒想到伊莉娜小姐是個會在緊要關頭窩囊起來的人。要是亞德知道了，大概會很失望吧。哼哼，看來根本不用我各方面策劃，伊莉娜小姐和亞德的關係，自然就會迎來結束——」

「別說傻話了！」

她下意識地吼了起來。

她臉頰發燙，血氣直衝腦門，連自己都知道自己臉紅了。

吉妮對這樣的伊莉娜露出挑釁似的笑容說：

「沒錯沒錯，還是這樣的態度最適合妳啊，伊莉娜小姐。就是要死不認輸，像個笨蛋一樣往前衝，才是妳吧。竟然自己想太多，搞得意志消沉，不像妳的作風也該有個限度。妳在這種時候，只要很天真地喊說亞德交了重大任務給我！太棒啦～！萬歲～！這樣就好了。」

總覺得被大大嘲笑一番，然而……

這反而讓伊莉娜覺得舒暢。

多虧吉妮刺激了她與生俱來的倔強，讓她將先前消沉的心情都拋到腦後。

「哼！對，沒錯！就是這樣！真的，一點都不像我！」

我就做給你們看。疑問與消極的情緒，都拋到九霄雲外，我就不管三七二十一，不顧一切往前衝。

多虧吉妮，讓她有了這樣的心情。

……只是話說回來，也不會老實向她道謝就是了。

「兩位談完了嗎？……我還是先說清楚，我們之所以被挑上，是因為他判斷這麼做的意外性更高。從某種角度來看，我們是局外人，置身事外。正因為敵人也這麼認為，我們這幾個人也才……」

拉蒂瑪正說到一半。

一陣尖銳的風切聲響起。

當她們理解到這是風屬性的攻擊魔法，已經太遲了。

「嗚……！」

被盯上的，是走在前面的拉蒂瑪。

她的腳踝被割開，倒在地上。

傷口很深，鮮血直流，染紅了她褐色的皮膚。

「拉蒂瑪！妳還——」

「請妳們快走！敵人由我來絆住。只要一路往前直走，就有一條隱藏通道可以通往城

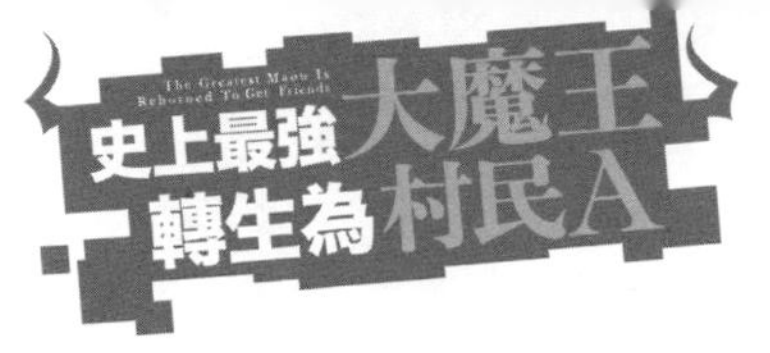

內！」

第一次看到拉蒂瑪這種奮不顧身的模樣，讓伊莉娜與吉妮都被震懾得說不出話來。

「不要呆呆站著，請快走！」

被她這句話一催，兩人也只能答應。

「妳可別死啊！」

「請馬上跟來喔！」

留下拉蒂瑪一個人，固然令人愧疚……但這是不容失敗的重大任務。

伊莉娜與吉妮也都了解這一點，因此只能往前進。

儘管為後方傳來的破壞聲響痛心，仍不停下奔跑的腳步。

伊莉娜與吉妮一邊祈禱拉蒂瑪平安，一邊並肩飛奔。

最後──

「這就是祕密通道……？」

看上去像是洞窟。

大開的昏暗洞口，透著點詭異……讓人不由得感受到危險。

然而──

「哎呀，妳怕了嗎，伊莉娜小姐？」

被這個搭檔這麼一說，就沒辦法畏縮不前。

她哼了一聲，抬頭挺胸往前進，走進了洞窟。

光源以魔法來確保。飄在眼前的光球，照亮了洞窟內部。

腳步不時被凹凸的路面絆到，慢慢一路往前進……看見自然形成的洞窟內部景觀，漸漸轉變為有著人工痕跡的樣貌。

不知不覺間，兩人已經走到鋪著石板的地面。

「這裡會是城堡地下……是嗎？」

「我想大概是吧。」

也就是說，這裡就是敵境的正中央。

「這下可不能鬆懈了呢。」

「是啊，真的……！」

兩人臉上都貼上了強烈的緊張，用力握緊了武器。

伊莉娜是紅色長槍，吉妮是藍色細劍。

兩件都是亞德親手打造的魔裝具，給予她們強大的攻擊力。

雖然聽他說過效力，但不曾實際用過。

因此，要說這些武器能否成為保護她們的盾，或是克敵致勝的矛，總是留有一抹不安。

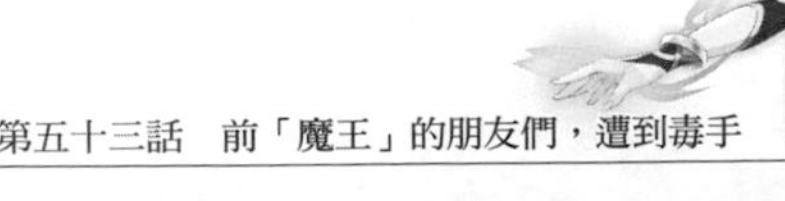

（……不用擔心，這是亞德為我們打造的。絕對沒問題。）

她們一邊說服自己，一邊毫不猶豫地瞪視四周，慢慢前進。

兩人充滿緊張與不安，狀況卻始終維持平靜。

接著——

在狀似城堡地下的地方走了許久，最後兩人來到了一處開闊的地方。

這個極為寬廣的空間裡，有著許多很粗的柱子。

兩人自然而然將視線集中在空間正中央。

「那、那是……」

伊莉娜所指之處，空中飄著一顆巨大的寶石。這顆紅色的寶石就像在脈動，不停地閃爍，以妖異的光芒照亮四周。

錯不了。就是那個。那就是她們要找的媒介。

「好……！我們上，吉妮！」

「好的！」

兩人舉起武器，準備以其效力破壞目標……

就在她們正要出手之際……

「……停下。」

是一個耳熟的嗓音。然而，當這個與她們聽慣的口氣完全不同的嗓音傳來的瞬間——

兩人腳下發生了魔法陣。還來不及震驚，事態已經急轉直下。

她們想避開，但為時已晚。

腳下發動的魔法，是用來拘束她們兩人。

流動的液態鋼纏繞上兩人的身體，固定住她們。

模樣就像被釘在十字架上的可憐受刑人。

「嗚……！可……惡……！」

她們想到用強化身體功能的魔法強行逃脫……然而——

魔法並未發動。

「為、為什麼……？」

驚呼中問出的疑問，得到了回答。

「這種拘束魔法，有封住魔力的效果。所以，被捉住的人會無法使用魔法。」

是少女的嗓音。

直到剛剛都一直聽見的，少女的嗓音。

「為……什麼……？」

新的疑問才剛從伊莉娜口中問出。

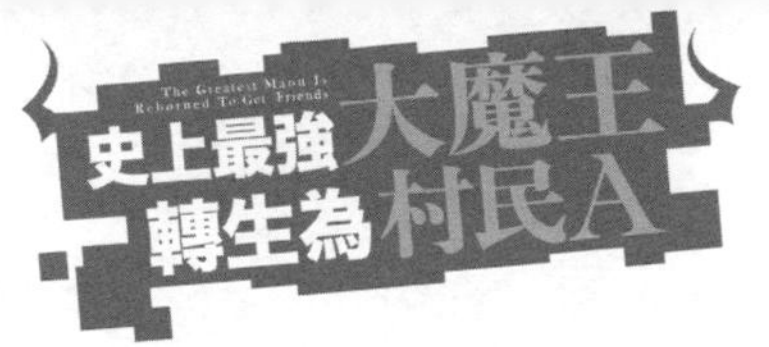

就聽見一陣喀喀作響的腳步聲……少女出現在兩人面前。
褐色的美麗臉孔上毫無表情的她，名字是……

「這是……怎麼回事……？拉蒂瑪！」

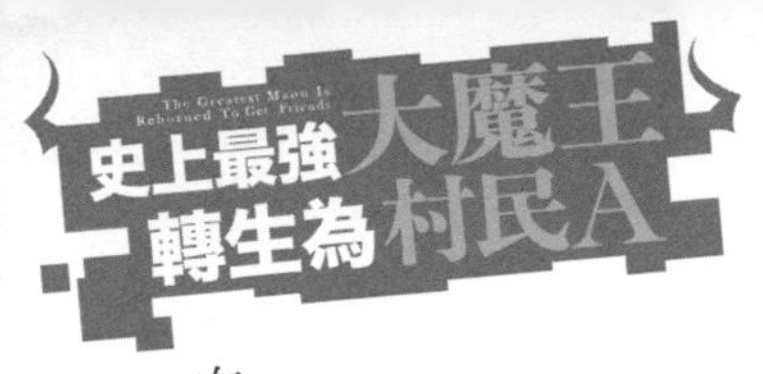

第五十四話 前「魔王」的朋友們陷入危機

望遠的魔法……鏡面似的魔法，照出了朋友們的危機。

面臨這樣的狀況，我只能啞口無言。

相對的，製造出現況的另一個我——迪薩斯特．羅格就不一樣了。

「好懷念的面孔啊。我本來以為再也見不到……真沒想到，會在這樣的情形下再見到她們……」

留有傷痕的面孔上，多出了悲哀。

但這也只有短短一瞬間。

當羅格再轉過來面向我，臉上已經有了勝利者的老神在在。

「我就特意說出這無趣的台詞吧。想要人質的命，就乖乖向我投誠。」

「……如果我拒絕，她們兩人會怎麼樣？」

「不會怎麼樣。我不是說過這只是鬧劇嗎？還有……我也說過我要推你一把。現狀實實在在就是這麼回事……我要說的話，你應該已經充分理解了吧？畢竟我們是同一人物。」

他說得沒錯。

羅格雖然挾持伊莉娜與吉妮作為人質……但並不打算加害於她們。因為他對她們兩人，也有著非比尋常的感情。羅格對她們已經有著太深的感情，足以讓他丟下「為達目的不擇手段……」這種想法。

所以，這就如他所說，是一場鬧劇。

迪薩斯特．羅格是要給我「藉口」。

我重視的人被挾持為人質，所以，我只能乖乖聽話。

……這是多麼甜美的誘惑。

想必羅格早已料到事情會弄成這樣。

料到我和莉迪亞接觸，因而尊重她的心願，比起為自己贖罪，更加尊重她的心意。

……料到我其實不想這麼做。

想必就連這些迷惘，也都被羅格看穿了。

實際上，他自己也這麼說：

「你的想法我早已料到。而且……莉迪亞的心願也不例外。她期望自己有個悲慘的結局，這點我也早已隱約發現了。她臨死之際，想必沒有遺憾或後悔，而是心滿意足。想必那是她能夠接受的結局。然而……」

羅格透出無比的悲傷，握緊了拳頭。

「我們的感受呢？我們親手殺了好友，而且是自己親手促成了這樣的局面。要永遠背負這樣的罪……難道不會太痛苦嗎？而且……即使莉迪亞期望走上悲慘的末路，又有誰會希望讓她實現這個心願？沒有人會這麼想。會希望她幸福，不是當然的嗎？」

羅格說的，是他的真實的心意……

也是我自己的真心話。

「哪怕會違背莉迪亞的意思，我還是希望她活下來。只要活著……說不定也有可能改變想法。即使不改變……即使那只是我的私心，我還是希望給莉迪亞幸福的人生和平靜的結局。」

不可以再讓他說下去。不能再聽下去。

再聽下去，我的決心會動搖。我會不由得改變心意。

明明理解這一點……但我還是無法動彈。

因為我不由自主地，對另一個自己所說的一切感情，產生了共鳴。

「為了讓莉迪亞活下去，改變未來……我奪走了許多生命。這是犯下史上罕見的大罪。相信世界會被我逼到滅亡邊緣。可是……如果這樣就能讓莉迪亞得救，那就划算得很。連名字也不知道，跟我沒有半點關係的大眾，他們的性命能有多少價值？……我已經無法覺得人們的性命有任何可貴。起初我是為了他們才挺身而出，為了救濟這世上的所有人，握緊了拳頭。可是……民眾對這樣的我做了什麼？給了我什麼？用『魔王』這可惱的稱號來稱呼我，把我當成怪物畏懼……陷我於孤獨之中。」

另一個我說得滔滔不絕，眼神中摻雜了一種憎恨。

「莉迪亞的命運和人類的末路，這兩者根本不用放上天平去比較……你內心深處，不也是這麼想的嗎？既然這樣，就不必猶豫，只要和我一起行動就好……如果我話說到這裡，你還在猶豫，我就再給你一個藉口吧。」

羅格再度看向鏡面上的兩人。

「就如先前所說，我不會危害她們兩人。沒錯。『我』是不會。可是……當這個時代的我所率領的大軍殺進城堡，她們兩人會怎樣，這我就無法保證了。」

這是不折不扣的脅迫。

他為什麼會把自己的靈體，封在城堡內部這種很好猜到的地方。

又為什麼要特地把伊莉娜她們，叫去那麼重要的地方……

相信理由全是為此。

「這次的戰事，從現況看來是五五波，但這個均衡遲早會被打破。這個時代的我，肯定會占上風。到時候，下一個戰場就必然會轉移到城池……這些剽悍的戰士們，會殺進城內，而他們當然不會顧慮到城內外有什麼東西。畢竟他們的目的，就是破壞封有靈體的媒介。也可能第一步，就是把整個城堡給粉碎。」

到時候，待在城堡裡的她們將會……！

「我再簡單明瞭地說一次。如果不想失去她們兩人，就投靠我。」

我由衷認為應該答應這甜美的誘惑。接著……

為了表達答應的意思──

我正要開口。

狀況產生了變化。

「為什麼……！妳為什麼──！」

伊莉娜一張惹人憐愛的美麗面孔氣得扭曲，大聲呼喊。

這句話是針對站在她眼前，悠哉看著她們的少女……拉蒂瑪而發。

「……我的行動理念只有一個──莉迪亞大人。只要是為了她，我什麼事都願意做。因為，她就是我的一切。只要她能夠幸福……我就算下地獄也在所不惜。」

令人毛骨悚然的目光射了過來。

這冷酷到了極點的眼神，凍結了伊莉娜灼熱的感情……

反而帶給她強烈的不解。

「為了莉迪亞大人？這話怎麼說？」

「妳們不需要知道，因為妳們終究只是工具。用來讓亞德．梅堤歐爾這顆棋子乖乖聽話的工具。妳們只要乖乖被利用就好。」

她仍然面無表情，然而……

看得出她的面無表情，有著顯而易見的藐視。

在拉蒂瑪眼裡，她們甚至連個小角色都算不上。

……懊惱。這實在太令人懊惱。

然而，即使表露出悔恨，也不會有任何改變。

她們不但並未幫上亞德的忙，反而淪為扯他後腿的包袱，這個現狀是她們無論如何掙扎，都不會改變的。

自己真的就只能如拉蒂瑪所說，無法得知任何真相，厚著臉皮賴在包袱的地位嗎？

（不對，沒有這種事……）

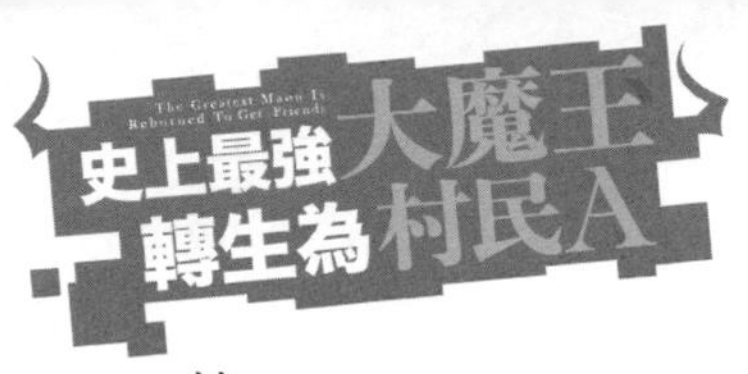

（如果現在，可以擠出那個時候的那種力量……！）

她想起了前不久發生的事。

那是她在校慶中，和被洗腦的席爾菲對打時的記憶。

考慮到自己和席爾菲的力量差距，應該根本沒得打。然而不可思議地，一股力量不斷從體內湧起……讓她進逼到離勝利只差一步。

只要能再度使出那種力量。

也許就能打破這個局面。

所以伊莉娜由衷盼望再次得到那股力量……

然而，無論她如何盼望，都並未重現那時的情形……只有時間無謂地流逝。

（為什麼……！為什麼不回應我！）

只平添焦躁，以及對自己的憤怒。

但就是使不出那個時候的力量……

（……我的極限……就到這裡了嗎？）

就在她要灰心的時候——

「唉，原來如此啊。伊莉娜小姐，以前我一直以為，像妳這樣得天獨厚的人，是完美無缺的，但看來不見得。像我這樣的凡人，也多得是辦法乘隙而入。非常謝謝妳讓我學到這個寶貴的教訓。」

伊莉娜的身旁。

同樣被拘束住的吉妮，莫名地露出誇耀的微笑。

「……妳在說什麼？」

拉蒂瑪露出狐疑的表情問起。然而吉妮不理她，仍然只看著伊莉娜，繼續說道：

「伊莉娜小姐，精神的脆弱，就是妳的弱點。當妳遇到意想不到的情形，立刻就會放棄。想來原因一定是出在妳那不知道在強什麼的自信。妳內心深處就是有著一種大意，覺得自己什麼都做得到，覺得這樣的自己不會陷入危機。就是因為這樣，一旦陷入危機，妳的腦子就會完全無法運作，放棄一切抵抗。」

可是——

吉妮先來上這麼一句轉折，然後嘴角上揚。

她堂堂正正地說出了身為弱者才有的優勢。

「我很平凡，所以我和妳不一樣，每當我開始做一件事，就會先想像失敗的情形。而且，我沒有自信，所以伊莉娜小姐，跟妳比起來，我陷入危機時的動搖也比較輕微。因為會這樣是理所當然的啊……就是因為我有這樣的心理準備，我才能夠打破這個狀況。」

吉妮斷言至此，不只是拉蒂瑪，連伊莉娜也表達了懷疑。

她在說什麼？她是要如何打破這個狀況？

尤其拉蒂瑪的這個念頭似乎更強烈。

「施展不了魔法的魔導士，有什麼——」

「是啊，妳說得對。我們施展不出魔法。只是……『常理以外的魔法』又如何呢？」

聽到這句話，拉蒂瑪露出了狐疑的表情，然而……

伊莉娜卻驚覺過來。

魔法這種東西，本來要透過詠唱等方式來建構術式，然後灌入魔力來發動。

因此，她們的魔力被封住的現在，不可能發動魔法。

然而……如果存在著不需要魔力的魔法技術呢？

相信世人大多會回答，沒有這種技術。

然而——

伊莉娜和吉妮不一樣。

她們是神通廣大的亞德．梅堤歐爾的朋友兼徒弟，所以她們的回答是——

「『解字魔法（Script Magic）』……！沒錯吧，吉妮？」

「呵呵，答得漂亮。」

吉妮嘻嘻一笑，然後——

吉妮微微動起被拘束住的手，讓手指在空中虛劃。

剎那間——

不可思議的紋路出現在她的面前——

爆裂。

「這是什麼……！」

拉蒂瑪瞠目結舌，冒出冷汗。

不明白也是當然的。因為這種技術，多半只有伊莉娜、吉妮，以及亞德這三個人知道。

「解字魔法」——那是亞德之前為了讓受到霸凌的吉妮擁有自信，傳授給她的魔法。

在空中比劃出分解過的符文文字，建構出簡單的術式。相較於魔法普遍需要耗用魔力作為發動源，「解字魔法」則是以空氣中的「魔素」作為來源發動。

也就是說，這是不需要任何魔力的魔法。

現代由於「魔素」濃度低落，「解字魔法」的威力也不怎麼強……但在「魔素」濃度極高的這個時代，就是另一回事了。

吉妮所使出的「袖珍熱焰炸彈（Short Flare Bomb）」，以猛烈的威力破壞了拘束。至於落在自己身上的超高熱，則由亞德親手打造的皮甲完全吸收。

伊莉娜也照做了。

她用爆炸來攻擊拘束她的魔法金屬，順利脫困。

然後和早了一步脫困的吉妮一樣，舉好自己的武器。

「……妳這個人，真的是很令人火大。」

「這句話我就當作是讚美收下了～束手無策，只會垂頭喪氣的伊莉娜小姐♪」

「哼！我還是有夠討厭妳！可是……只有現在，我承認妳雖然爛透，但也是我最棒的搭檔！」

兩人並肩正視敵人。

正視拉蒂瑪。

她承接兩人的視線，低著頭……

「呼……」

她輕聲呼出一口氣，接著——

當她抬起頭，臉上已經露出些許的嘲笑。

「的確出我意料，但不成問題。」

這句話是什麼意思？

兩人尚未問起，拉蒂瑪已經淡淡地說起：

「妳們的行動，全都會是白費工夫。」

就在這一瞬間——

無數魔物出現，密布在整個開闊的空間中。

那看似召喚魔法，然而……從沒有魔法陣出現的這點看來，多半是另一種技術吧。

不管怎麼說，伊莉娜與吉妮回到了原點。

她們再度迎來了危機。

「我叫來的魔物超過一百隻。憑妳們的實力，根本不是對手。乖乖被拘束住，還比較不會嚐到苦頭喔。」

狀況的確令人絕望。

然而——

「哼！那又怎麼樣！」

伊莉娜仍然精神抖擻地呼喊。

因為她不想讓和自己並肩的搭檔……不想再讓吉妮看到更多自己懦弱的一面。

「管妳是一百隻還是兩百隻！都不是我的對手！」

「是啦，就是這麼回事～……解決掉這些暖場的小兵，下一個就是妳了，拉蒂瑪小姐，妳覺悟吧。」

兩人士氣十足。

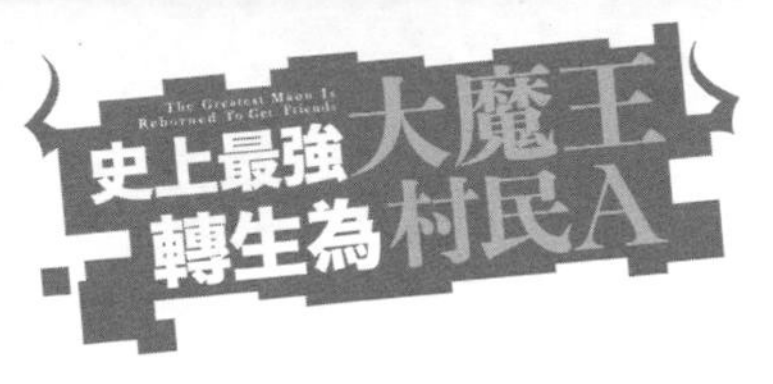

她們是真心打算解決這個令人絕望的狀況。

真心認為自己有辦法。

兩人都是一樣的想法。

伊莉娜與吉妮，平常話不投機，水火不容，然而……

現在卻由衷覺得——

覺得只要是和這個搭檔並肩作戰，遇到任何危機都能克服。

「……是嗎？那麼，我該採取的行動就只有一個。」

拉蒂瑪臉上多了冷酷的神色。

於是這場壓倒性不利的戰鬥，眼看就要開打——

就在這時——

「哈哈！有這種好玩的事情啊？讓我也參一腳啊。」

耳熟的第三者嗓音，迴盪在廣間內的瞬間——

一陣劇烈的強風翻騰。

這陣發出轟然巨響的風，拍打伊莉娜、吉妮與拉蒂瑪的肌膚，吹起她們的頭髮。

這陣肆虐的風……

是闖入者躍動的副產品。

當她們看出這點，大部分魔物都已經被一刀兩斷。

伊莉娜等人能夠看清楚的，就只有來人斬殺最後一隻魔物的那一瞬間。

「喂喂，根本沒什麼大不了的嘛。找些更能打的來啊。」

來人將愛劍扛在肩上，露出勝利的微笑。

這洋溢著自信……以及勇氣的臉孔。

比任何人都適合這種表情的這名女子，名叫……

「莉、莉迪亞大人……！」

「沒錯。妳們兩個放心吧，畢竟我來了。」

她舉止悠然，有著壓倒性的自信。

散發出的鬥氣實是非比尋常。

傳說的「勇者」，有如暴風般登場了——

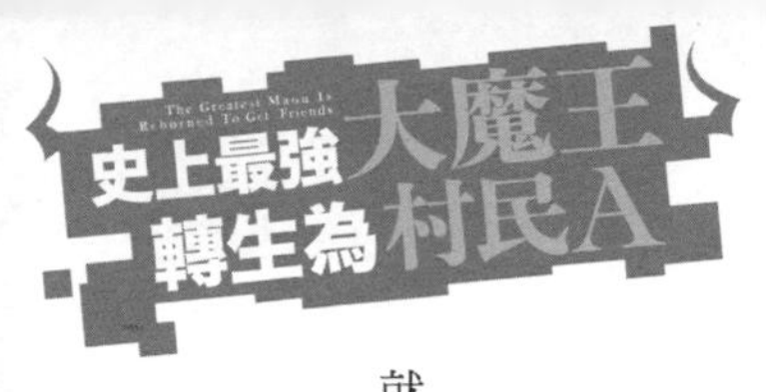

第五十五話　前「魔王」的決心，「勇者」的選擇，以及……傷心的「魔王」

美麗的白銀長髮。

以女性而言高挑的體格。

實在太美麗的絕世容顏。

這些無疑都是用來標示「勇者」莉迪亞的記號。

「為、為什麼莉迪亞大人會在這裡……？」

伊莉娜睜圓了眼睛，自言自語似的吐露了疑問。

莉迪亞嘴角一揚，視線看向她。

「就是我送給妳們的髮飾。那東西其實是魔導具，賦予了可以掌握現在情形的魔法。也就是說多虧了那玩意兒，我一直都掌握住妳們的情形。」

「原、原來如此……！莉迪亞大人早已預見會有這樣的情形……！」

「……咦？」

「咦？」

一陣鴉雀無聲……

短暫的沉默過去，接著——

吉妮瞇著眼開了口：

「我是覺得不太可能，但……該不會是您想跟蹤我們才送了這個，結果歪打正著，把我們從危機中拯救出來……應該不是這種情形吧？」

「那、那那那、那還用說！這、這這這，妳……我、我我我、我可是『勇者』啊！我就是一下子突然有了預感，預知到妳們會有危機，想也知道吧！」

剛才那帥氣的模樣跑哪兒去了呢？

伊莉娜與吉妮同時嘆了一口氣。

緊張感漸漸消退。

就當作這也是「勇者」所帶來的安心感造成的吧。

……與她們兩人相反……

「莉迪亞……大人……！為什麼，要這樣……！」

拉蒂瑪全身發抖。

看來那並不是出於恐懼。

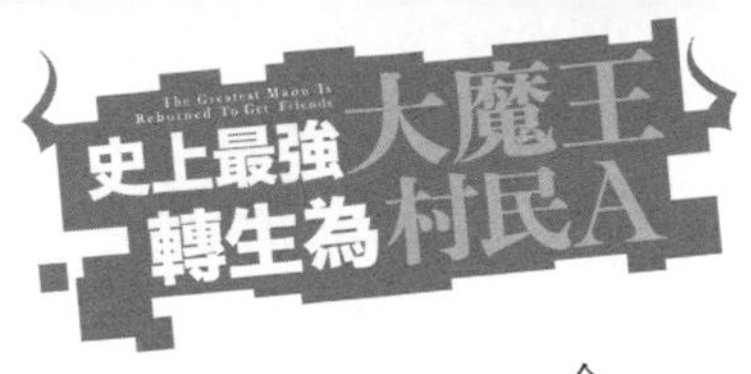

並不是……害怕會被莉迪亞當成叛徒來處罰。

是對於失去某種事物的焦躁。從她的表情，看得出這樣的心情。

「……拉蒂瑪。」

莉迪亞對褐色肌膚的少女開口。

她看著背叛她的部下，視線中並沒有怒氣。

反而……以充滿慈愛的母親似的表情……

「放棄吧。」

說出了真的很短的一句話。

伊莉娜與吉妮自然不明白這句話是出於什麼樣的意圖。

但拉蒂瑪聽到這句話，似乎什麼都懂了。

「我不要……！就算是莉迪亞大人……！不，正因為是莉迪亞大人……！只有這個命令，我不能聽！」

拉蒂瑪的眼睛慢慢透出淚水。

接著——

「這種世界！只要是為了莉迪亞大人，毀了也無所謂！」

彷彿要保護拉蒂瑪似的，大量魔物再度湧現。

但對於這頗有威壓感的光景，莉迪亞毫不畏懼。

「……也對。對妳還有『他』來說，大概會是這樣吧。可是——」

她以帶著幾分悲傷的表情斷言：

「我也只有這件事，不能讓步。」

她說話語氣平靜，卻強而有力。這句話從她口中發出後——

一眨眼，頂多幾秒鐘的時間，一切都分出了勝負。

剛覺得一陣勁風轟然吹起，所有魔物已經遭到斬殺，召喚者拉蒂瑪也倒在一旁。

憑莉迪亞她們的眼力，完全看不出發生了什麼事。

這就是「勇者」的實力。

伊莉娜她們重新懷抱起敬畏的念頭。

她們視線所向之處。

莉迪亞抱起拉蒂瑪倒下的嬌小身軀。

「……笨蛋。」

嘴唇透出些許微笑，眼裡帶著幾分哀傷。

莉迪亞對背叛的部下，就只做出這樣的表示。

「莉迪亞……大人……我……」

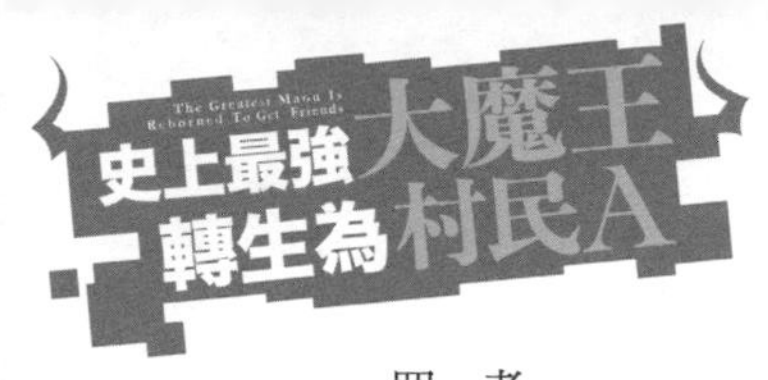

拉蒂瑪斷氣似的，全身虛脫。

莉迪亞小心翼翼將她的身體放回地上躺好，呼一口氣，看向飄在空間中央的物體。

巨大的紅色寶石──莉迪亞慢慢走向這反覆閃爍出妖異光芒的物體。

「……真是的，一個個都這樣。」

面對這紅色寶石，也就是封印「魔王」靈體的物體，莉迪亞嘆了一口氣。

「要說我不開心，就是騙人了。可是……沒關係啦，既然注定是這樣的命運，不管什麼命運我都接受。畢竟我是『勇者』嘛。」

她輕輕一笑。

伊莉娜莫名地覺得，她的這種笑容悲傷到了極點。

接著……莉迪亞繼續說。

就像在開導不在場的人。

「為了保護別人的夢與希望，為了創造出大家都能笑著生活的世界而戰，這就是『勇者』。可是啊……『勇者』不包括在這所謂的大家裡面。因為不管高舉多崇高的理念，犯了罪的事實都不會改變。」

莉迪亞的表情裡，就只有著堅定的決心。

「要實現理想，就必須有人犧牲，必須流很多的血。就連哭喊著不想死的人，也非殺不可……我認為，扛起這一切的罪和責任，最後下地獄，也是『勇者』的職責。」

她舉起扛在肩上的聖劍瓦爾特·加利袞拉斯。

「我不只是『你』的好朋友……更是『勇者』。所以，我要活得像個『勇者』，死得像個『勇者』。不管是誰，都不能扭曲這個信念。」

接著──

「不要活得只顧著回頭看啊，你這個……大笨蛋！」

莉迪亞大喝一聲，毫不遲疑地揮出聖劍。

瓦爾特·加利袞拉斯的劍身，將目標一刀兩斷……

下一瞬間，寶石碎成粉末。

這樣一來，「魔王」的不死性就消失了。

這樣一來，「魔王」也許就會遭到討伐。

到時候，想必可以保住很多人的性命。

他們多半也就能夠回到原來的時代又過起快樂的日常生活。

然而……

伊莉娜就是覺得，這個結果是用莉迪亞的性命換來的。

自然而然地熱淚盈眶──

◇◆◇

「為什麼……！為什麼……！為什麼！」

呼喊撼動大氣的同時，以遠望魔法創造出來的鏡面應聲破裂，四散消失。

「莉迪亞……！」

羅格呼喊著她的名字，全身顫抖。

我在哀傷中，對另一個自己送出了一句話：

「已經結束了。你的意圖——」

「才沒有結束！」

羅格說出強烈的否定，瞪著我說：

「只是不死性被奪走而已！這也只不過是再度進行儀式，就能恢復的東西！這次的戰事我大概會輸吧！可是，這些都早在計畫之中！因此什麼都還沒有結束！只要你投靠我！這次的事——」

「我會給你什麼樣的回答，你應該已經明白了吧。」

我丟出這句話，劈開對方的話。

「我的分身啊，你真的想救莉迪亞嗎？」

「……你說什麼？」

睥睨我的目光裡，蘊含了強烈的怒氣。

但我不住口。因為我一直一直在想，只有這幾句話我非說不可。

「你……你不就只是在逃避嗎？因為親手殺了莉迪亞，因為自己逼得她落入這種下場。你不就只是想逃避這種罪惡感嗎？你說想救她，其實……」

接下來要說的話，甚至會刺進我心中。

相信那會帶來劇烈的痛楚。

然而，即使是這樣。

我認為不能不去正視這個問題。

「你不就只是想救自己嗎？你想原諒自己，安心地死去。你不就只是為了這個目的，才利用莉迪亞嗎？……到頭來，不管是我還是你，滿腦子都只有自私的感情……根本沒為任何人著想。」

沒錯。

雖然不想承認，但就是這樣吧。

我不管什麼時候都很自私。

之所以為了人們挺身而出，到頭來……也是因為希望讓別人愛我。

是一個不被任何人喜愛的男人，心中扭曲的感情，驅使他做出了這樣的行動。

正因為自覺到了這一點。

這次，就只有這次。

「我們這輩子，要不要第一次，真正地為了他人而行動？……為了保護莉迪亞的意志，我們——」

「給我閉嘴啊啊啊啊啊啊啊啊啊啊啊啊啊啊啊啊啊！」

那是一聲幾乎震破耳膜的劇烈嘶吼。

羅格咬牙切齒，恨不得用視線射穿我似的瞪著我。

「對，沒錯！當然沒錯！我想原諒自己！想得到救贖！我就是這麼想！可是啊！我不會讓你連我對莉迪亞的心意都否定！」

接著他全身釋放出來的……

是無比的殺意。

「就到此為止了……！我已經不想和你聯手了！我要把你當成最可恨的宿敵，把你埋葬掉！」

他大聲嚷嚷，簡直像個小孩。

被人指出自己的過錯，對此自覺，因此表露出怒氣。

他就像個如此醜陋的小孩……

讓我實在看不下去。

正因為他的模樣就是我自己，才更看不下去。

我和他一樣，對站在眼前的另一個自己……

都無法容許對方存在。

接著──

我們互相瞪視，不約而同地，完全在同一瞬間，做出了完全一樣的行動。

「『『他的路上有的是絕望』』『『那是一個悲哀男人的人生』』。」

我們開始詠唱我最強的魔法，我的王牌，我的「專有魔法」。

「『『其人孤身一人』』『『雖有人追隨』』『『卻無人共同行走霸道』』。」

隨著詠唱進行，我們四周有複雜的幾何紋路出現又消失……

「『『沒有任何人懂他』』『『每個人都遠離他』』。」

就在互相瞪視的敵我正中央，彼此的戰鬥意志衝突的空間顯得扭曲變形。

「『『連唯一的朋友都背棄他』』『『他落入了瘋狂與孤獨的汪洋』』。」

這場對決的勝負，已經只能透過其中一方的死來決定。

我加深了這個確信之餘……再度確定了自己的意志。

「『『他的死沒有安詳』』『『擁抱悲嘆與絕望而溺死』』。」

……我要贏。一定要贏。

我應該……贏得了。

我一邊咬牙，一邊……

「『『想必那就是』』——」

詠唱了最後一小節。

「『『孤獨國王的故事（Private Kingdom）』』。」

剎那間，我面前，以及他身旁，都出現了她。

莉迪亞——由她的一部分所形成的往日身影。

下一瞬間，她的身影化為巨大的劍。

漆黑的劍身上，刻有血管般的紅線，兩把劍的外型本身是一樣的，然而……羅格的劍上有著傷痕。

劍整體有著裂痕，而這裂痕，就像反映出他的人生。

我們握緊了這樣的武器……

「……喝！」

彼此大喝一聲，直線跨步前衝。

強勁的力道挖開大地，大量的土塊飛上了天。

土塊尚未灑落。

我們的第一回合已經開始。

「喝啊！」

「去！」

尖銳的呼喝聲中，揮出暗色的劍。

每一劍都攻向要害，每一劍都是殺招。

我們不使用魔法。

不……或許該說是不能使用。

我們「專有魔法」的能力，是解析與支配。能夠解析對方的魔法，納入自己的掌管。

因此……所有魔法在發動之前就會失效，又或者是反撲自己。

由於彼此有著同樣的能力，讓我們的勝負不得不演變為靠單純的劍技或肉體技來進行。

然而——

那並非尋常的比試。

「唔啊！」

「呿！」

每當彼此一揮劍，劍身互撞，都撞得大氣鳴動，大地龜裂。

兩者都是人稱「魔王」的人。我們的對決，哪怕只是單純的刀劍交擊，都將對世界造成莫大的災害。

……戰況看似五五波。

既然如此——

「莉迪亞。階段：II，預備。」

【了解。勇魔合身。轉移到第二型態。】

聽到回應的同時，黑暗的靈氣覆蓋住我們全身。

……看來敵方也完全想到了一樣的事。

當我型態變化完畢，他也已經轉變到了第二型態。

髮色接近全白，身上的衣服轉變為暗色的裝束。

彼此形貌相同，然而……羅格身上與先前那身盔甲相似的裝束，和刀身一樣有著無數傷痕，顯得破破爛爛。

「這招……！」

「如何！」

兩者的力道，都不是先前所能相比。

劍身對撞，發出幾乎震破耳膜的巨響。

我們所站的大地，被打出了大洞。

我們拋下聲音，以逼近光速的勢頭在地表上縱橫馳騁，不斷將戰鬥的爪痕，刻在這被稱為滅亡的大地的地帶。

……即使這樣仍是五五波嗎？

既然如此，眼看這場對決，是不會因為彼此戰技的優劣而分出勝敗了。

決定勝敗的，多半是……心態。

就看哪一方的精神狀態較好。面對戰鬥的意志有多強。

這就是這樣的一場對決。

因此——

「唔，啊啊啊啊啊啊啊啊啊啊啊！」

「嗚……！」

沒過多久，均衡漸漸被打破。

陷入劣勢的一方，必然──

是我。

「唔，嗚……！」

他的劍尖開始碰到我身上。

接著，終於劃破我的臉頰使鮮血飛濺。

血濺到羅格臉上，他大喊：

「你為什麼了斷自己的性命？說起來一定跟我不一樣吧！我看應該是承受不了孤獨吧！不是嗎！」

敵方氣勢愈來愈強，相反的……

我的身體變得愈來愈沉重。

原因果然……

「真虧這樣的你！竟然！好意思說我逃避啊！」

在於精神面。

他和我，心態有著很大的差異。

「殺了莉迪亞，對你來說就只是這點小事嗎！換了個世界，我就能變得這麼自我中心嗎！所以比起殺了莉迪亞的罪惡感，你的孤獨感還更強了！你詛咒自作自受的下場，期盼來世得到幸福而轉生！你的這種自私讓我想吐！」

我什麼話都無法反駁。

因為他說得沒錯。

「你為什麼可以變得這麼利己！我不懂！你該不會忘了自己對莉迪亞說的最後一句話吧！」

「我怎麼，可能……忘記！」

雙劍交擊在一起較勁。

我們隔著劍互瞪，我想起了過去。

……漫長的戰事尾聲，一次次重演悲傷後，目標已經近在眼前。我們即將消滅「外界神」，將主權轉移到人類手上。

當時的狀況，可以說幾乎已經實現了這個目標。

我們將世界的大部分都納入掌握……「外界神」只剩最後一尊。

對於這樣的現狀，我已經心滿意足。

不，從某種角度來看，可以說已經感到厭煩。

我不斷失去許多朋友，陷入孤獨……

最後剩下的，就只有莉迪亞。只有她，對我而言就像黑暗中的光明。

我對自己的這種現況覺得厭惡……想避免再有戰爭。

我不想背負失去莉迪亞的風險。

最後一尊是被視為「外界神」頭目的邪神，實力實實在在非比尋常。若要剿滅對手，必須做出犧牲半數兵力的覺悟。

這犧牲者當中不但可能包括我，也可能包括莉迪亞。

由於預測到了最壞的未來，讓我做出了這樣的結論。

「已經不必再打了。我接受他的要求，給他的領土自治權，默認活下來的『魔族』可以成立國家。然後……我們簽訂停戰協定，以及互不侵犯條約。」

我斷定這樣一來，我們漫長的戰爭就要迎來結束。

……立刻對這個結論做出反駁的，就是莉迪亞。

「開什麼玩笑！要是放著他們不管，遲早又會發生一樣的事情！為了防止這種情形發生！現在！就應該打垮他們！」

當時，莉迪亞也因為受到詛咒影響，成了個非常好戰的人。看在從以前就認識她的人眼裡，就知道以前的她不可能有這樣的發言……

現在回想起來，就覺得她變成那樣，也是讓我當時對她不耐煩的原因。

「不管妳怎麼說，結論都不會改變。接受吧。」

方針的差異，在我與她之間造成了很大的裂痕……要是當時能想到這點就好了。

現在我能夠理解，但當時就是不懂。

對我而言，莉迪亞這個人的存在，就像空氣一樣。

存在是理所當然，不可能消失。

儘管是活下去所必須的東西，但無法完全理解到有多可貴。

所以——

「為什麼你就是不懂我！我們不是志同道合嗎！」

對於這句話，我做出了最壞的回應。

「多少次！我不知道後悔了多少次！詛咒了自己多少次！要是那個時候，對莉迪亞的問題，好好說出自己的真心話！要是當時我能坦白告訴她說，我是不想失去妳！就不會變成那樣了！」

羅格的呼喊，就是我的真心話。當時我對於她，就是只懷抱著自私的情感，覺得她為什麼就是不懂我的心情。

因此，我不但並未說出自己的真心話。

還這樣回答她——

「妳那麼想打，就自己去打。我不管妳了。」

這句話。

就是這句話。

這就是我對還是人類的她，所說的最後一句話。

我用爭吵，結束了和她之間的最後一次交談。

「我絕不承認那樣的結局！因此，我要救莉迪亞！救了她之後，讓她親手制裁我！我要為當時自己的愚昧謝罪，然後下地獄！然後……莉迪亞，就會和這個世界的我，一起度過幸福的人生！」

不是選擇自己，而是選擇讓這個世界的自己，讓這個某種角度看來可說形同末路的人，來扮演這個角色……從這點就看得出，這傢伙的自責實在太深。

還有……對莉迪亞的心意也是一樣。

若說彼此間的心態有什麼差異，多半就在這裡。

我是只憑對另一個自己的自我厭惡和同族厭惡，作為燃料戰鬥。

但他除此之外，還扛著對莉迪亞毫無迷惘的心意而戰。

……我還在猶豫。

不救莉迪亞這個結論是對的嗎？這點讓我產生迷惘。

這不是當然的嗎？

因為哪怕她本人多麼期望……

我還是希望她幸福。

「咕嗚……！」

迷惘帶我走向劣勢，接著……

「唔……！」

分出勝敗的時刻到了。

我竟然被地面的凹凸處絆了一下，失去了平衡。

這破綻只有一瞬間，然而——

已經足夠他收割我的性命。

「唔喔喔喔喔喔喔喔喔啊啊啊啊啊啊啊啊啊啊啊啊！」

羅格隨著大吼聲朝我衝了過來。

舉起的大劍劍尖，朝向我的胸口……

想必在一眨眼後，劍就會刺穿我的心臟。

……不可思議的是，我沒有悔恨的念頭。

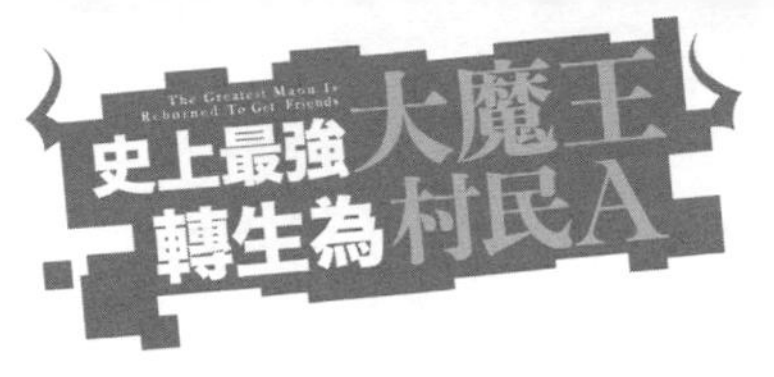

反而有種覺得這樣就好的心情。

雖然莉迪亞和吉妮會難過……但羅格也是我。

相信不會變成壞事。

雖然不知道我死之後，羅格能不能稱心如意……

如果能夠成功救到莉迪亞，那就非常可喜。

因此我，對於自己的死——

已經完全接受，眼看就差對方這一劍刺中。

「唔……！」

劍尖停了下來。

眼看劍就要刺穿我的胸部，暗色的劍身卻顫動著，不再往前進。

這是什麼情形？

「咕，喔……！」

羅格也方寸大亂，刻有傷痕的臉上，透出了強烈的不解。

「這……是……！難道是……！」

他口中剛說出這句話——

我瞪大了眼睛。

這會是幻覺嗎？

我在羅格身後看見了莉迪亞。

看上去像是她架住羅格，不讓他前進。

接著——

『保護……我的心願。』

我覺得她看著我的眼神，是在對我訴說這樣的意思。

所以我……

「莉迪亞……！既然，這是妳的意志……！」

我咬緊牙關。

感受著胸中上衝的熱流。

以全力揮出了手上的劍。

「嘎啊！」

我斜劈過去的一劍，是打算將他一刀兩斷而揮出。

即將砍中之際，他勉強動起身體，往後跳躍。

但他晚了一瞬間。

我的劍已經深深割開了他的軀幹。

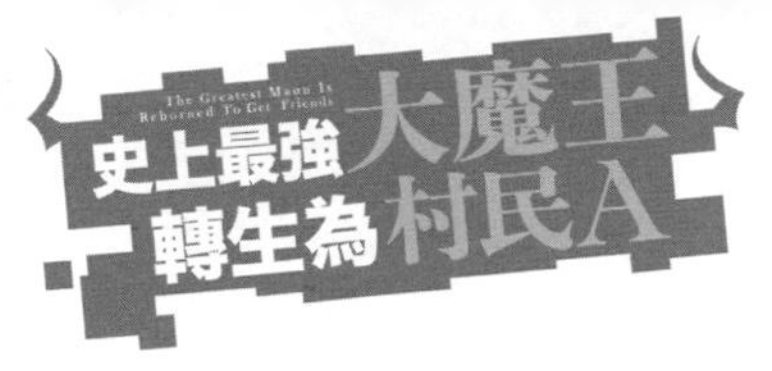

「唔，嗚……！別這樣，莉迪亞……！連這種時候，妳都還……！要礙我的事嗎……！」

趨勢的逆轉，已經明顯到任何人來看都一目了然。

直到先前，這場對決都還是一對一，然而……

現在是二對一。

多半是莉迪亞的意志，讓他的動作變得遲鈍。

再加上他受了重傷，優勢一口氣轉移到我這一方。

然而──

「我怎麼可以……打輸……！怎麼可以……失敗……！我發過誓……說再也、再也不會失敗……！我……我啊啊啊！」

但羅格仍然拚命抗拒。

劇烈的後悔，以及強烈到了極點的自我意識，帶給他力量。

然而──

逆轉並未再度發生。

「嗚、嗚嗚……」

羅格終於單膝跪地。

另一個自己，全身刻著傷痕，用鮮血染紅了暗色的裝束與大地。

為了斬斷他的命脈，做出了結，我默默舉起了劍。

「……結束了，迪薩斯特．羅格，我的分身。」

「你……真的覺得……這樣好嗎……」

羅格喘著大氣，肩膀起伏，看著我。

他眼裡有的是恐懼。然而，多半不是對死亡的恐懼，而是對失敗的恐懼。

接著……

他開始求饒。

「你要想起來……想起……和莉迪亞的日子……那些日子，對你……是多麼可貴……」

對於他的心情，我能夠痛切體會。

他就是我自己。

求饒是絕對不可能做的事情。與其求饒，還不如對無限的拷問甘之如飴。而他現在不惜扭曲這樣的尊嚴，也拚命想活下去。

一切都是為了莉迪亞。

……對於這樣的自己，我流下了眼淚。

我無法不哭泣。

「我不能……失敗……只有這次……只有這次萬萬不行……我失去後，才真正懂了……

總算懂了，我對莉迪亞的心意……正因為這樣，我要……我想救她……我……我……」

「我……愛著她……！」

聽到這句話的瞬間——

我身體發抖。

握劍的力道微微放緩。

然而——

「唔，喔……喔喔喔喔喔喔喔喔喔喔喔喔喔喔喔喔喔喔喔喔喔喔喔喔喔喔！」

為了揮去迷惘，我大吼一聲。

我——

在陰天下。

一氣呵成地，將劍尖刺入羅格的心臟。

第五十六話　前「魔王」，回歸現代

劈開肉的手感，很不舒服。

深深刺進羅格胸中的劍身，將這種感覺傳回我的手上。

那是一種收割走性命的感覺。

對這種已經不由得十分熟悉的感覺，我並未有任何感慨……

就只是看著眼前自己的分身。

「咳噗……！」

他吐著血，全身頻頻發抖。

但羅格仍瞪著我。

「你……再次……犯下了罪……！不要忘了……！你……這樣一來……就再一次……再一次，親手……殺了莉迪亞……！」

我什麼話都不回，就只是看著漸漸死去的羅格，咬緊了牙關。

當然。我就是知道這麼做會讓未來如何改變，但仍然付諸實行。

我親手，確定了莉迪亞的死。

……因為這就是她的心願。

「咕，咳！」

又是大量的出血。羅格的性命已經……

在我想到這裡時。

他的肉體開始發出淡淡的光芒，隨即化為粒子狀，漸漸消失。

這到底是……！

「啊啊，看樣子……那些傢伙說什麼，也要為這個世界帶來末日啊……」

羅格漸漸消失，搞懂了似的喃喃說道。

「你這話是什麼意思……！」

「這種事……你自己想……只是……我能說的只有……」

隔了一拍後，羅格嘴上露出些許的笑容。

那絕非是平靜的笑。

對我的殺意，對目的意識的瘋狂。

那是一種蘊含了駭人的情緒，令人毛骨悚然的笑。

「還沒有結束……！既然那些傢伙……期望我當『魔王』……我就演給他們看……！只

要到最後……有我的贖罪，還有莉迪亞的幸福……！」

他獨自接受了這一切似的，漸漸消失。

接著——

羅格最後似乎想起了什麼。

他臉上的瘋狂微微淡去，留下這幾句話：

「……別讓伊莉娜和吉妮……死了。對我來說，她們也一樣是最後的依靠。你對我來說，是最大的敵人，但是……只有這一點，我祈禱你不會失敗。」

他說到這裡，就完全消失……

只剩我一個人。

有好幾件事令我在意。

然而，我無法去想。

一想到這樣一切就會結束。

我……自覺著眼眶含淚，仰望天空。

不知不覺間，烏雲密布的天空已經萬里無雲，露出一整片美麗的蒼穹色。

現在我由衷恨著這種藍。

我流下一行淚，自言自語。

「這樣……就好了嗎……？」

事情真的發生得很唐突。

莉迪亞破壞封有「魔王」靈體的媒介後，過了一會兒。

沒有任何預兆，伊莉娜與吉妮全身開始發出淡淡的光芒。

從腳下開始，慢慢化為粒子狀消失。

「咦……！」

「這、這是……！」

兩人腦海中，浮現了完全相同的一句話。

最先浮現的，是亞德獲勝了。

接著是……回歸現代。

兩人對看一眼，互相露出摻雜歡喜與安心的平靜笑容。

而在她們旁邊——

「……看樣子，妳們『似乎要回去』啦。也是啦，對妳們來說這樣最好吧。」

聽到莉迪亞的發言，兩人睜圓了眼睛。

「咦，莉、莉迪亞大人，您該不會……」

「原來您知道我們是未來人？」

兩人瞠目結舌，莉迪亞苦笑著說：

「哎呀，隱約猜到啦。我雖然是個笨蛋，但就只有直覺很敏銳。所以，關於這次的事情，我也做了很多想像……哎呀～真沒想到竟然是真的～這次可真的嚇了我一跳耶。」

就連莉迪亞，似乎也有點亂了方寸吧。

她美麗的臉龐上，露出的是一種難以言喻的笑容。

接著莉迪亞搔著臉頰，稍顯猶豫地問起：

「我說啊，可以讓我問一個問題嗎？……未來是什麼情形？變得和平了嗎？變成了一個大家可以笑著過日子的世界了嗎？」

兩人一瞬間說不出話說來。

如果要正確地回答莉迪亞的提問……就必須回答，並不是這樣。

因為她所期望的，不是只有人類的笑容。

她所期望的，想必是個人類能和「魔族」良性並存，能夠笑著攜手共進的世界。

然而……現實是殘酷的。

未來世界裡，「魔族」成了最嚴重的歧視對象，不可能和人類共存。

對方也只把人類看成比猴子還不如的生物。

這兩個種族，多半會互相鬥爭到有一方滅亡為止。

然而……她們實在說不出這種令人悲傷的答案。

「未來……未來變成了一個比莉迪亞大人想像中還要美妙的世界！」

「沒錯沒錯！每天都過得很開心，大家都過得很幸福！我想真的已經變成了一個大家可以笑著過日子的世界！」

兩人說出了謊言。她們不得不如此。

她們終究說不出真相。

也不知道是看出了她們兩人的真心，還是相信了她們。

莉迪亞開心地微笑著說：

「這樣啊……那『我們』的犧牲，就不是白費了啊。」

不是「大家」，也不是「伙伴們」。

莉迪亞說的是「我們」。

這也就表示……

她多半連自己的宿命都猜到了。

「莉迪亞……大人……莉迪亞大人，這個……」

「嗯，不就是會死嗎？我也會死，一定……會死得很慘。」

她說得若無其事，讓伊莉娜與吉妮再度瞠目結舌。

莉迪亞微笑著，摸著她們兩人的頭。

「沒關係，這樣就好。我剛剛不也說過，說我不指望能死得安祥這種事情嗎？所以……妳們不必放在心上。」

莉迪亞溫和地這麼宣告。想必她已經看出兩人的苦惱。

認識這個人，起初的確不知所措。因為她的人格和傳承實在差得太多。

就伊莉娜而言，第一印象接近失望。

吉妮也是一樣。她本來覺得，實在沒辦法喜歡這種色魔似的人。

然而……與她相處久了，覺得這個人可愛的瞬間也漸漸增加。

同時，也漸漸對她產生尊敬的念頭，覺得這個人無疑就是名留神話當中的英雄……

不知不覺間，兩人對莉迪亞已經開始懷抱敬意與憧憬。

正因如此，她們才會覺得——

覺得不希望這個人死。

不希望她迎來悽慘的下場。

然而……她們又能做什麼呢？

說來，莉迪亞的死本來就有著很多謎團。連真相都不知道的她們，又能如何因應呢？而且……即使真的能夠做出什麼對策，莉迪亞多半也會拒絕吧。

她的信念，實在太堅定。

正因為能夠理解這一點……

兩人心想，至少要好好看著莉迪亞到最後一刻，把她的身影牢牢烙印在腦海中。

不忘了這個人。

她們心想，這就是她們唯一能做的事。

「……看樣子，真的沒有時間啦。唉，好遺憾啊。對吉妮連嘴都沒親到……伊莉娜，我本來想帶妳練練。不過這也沒辦法啊。」

莉迪亞搔著腦袋，由衷遺憾似的輕舒一口氣。

「本來我是希望能留給妳們一些更具體的東西……不過沒辦法，我就只用說的了。」

莉迪亞先說到這裡，然後以她清澈至極的眼睛看向伊莉娜。

「今後，妳可能會很痛苦……但這種時候，要先冷靜下來，好好看看周遭。相信妳一定會看到對妳來說最重要的東西。然後啊，我敢斷定，妳絕對不是孤伶伶一個人。只有這件事，

妳可絕對別忘了。」

「……好的！」

伊莉娜眼眶含淚，惜別之餘點了點頭。

莉迪亞和她相互擁抱之後，看向吉妮。

「看來這次的事情，讓妳脫胎換骨了，表情和先前都不一樣啦。妳長進了很多，吉妮。」

「都是多虧了莉迪亞大人……！是莉迪亞大人鼓勵我……」

「沒有這種事。到頭來，都是靠妳自己的力量……吉妮，妳聽好了，可別忘了這次的事情。高牆這種東西，都只是妳自己決定的。如果遇到難受的事情，就當個傻瓜。當個比誰都傻的傻瓜，拚命往前衝。這樣一來，妳就能去到比誰都遠的地方。根本沒有什麼不可能的事情。」

「好的！」

吉妮也是一樣，眼眶含著大顆的淚珠，點了點頭。

接著，她也和莉迪亞做最後一次擁抱……

「最後，可以幫我帶幾句話嗎？我有些話，說什麼也要對他……對亞德說清楚。」

她們找不到理由拒絕。

兩人點點頭，莉迪亞對她們說起。

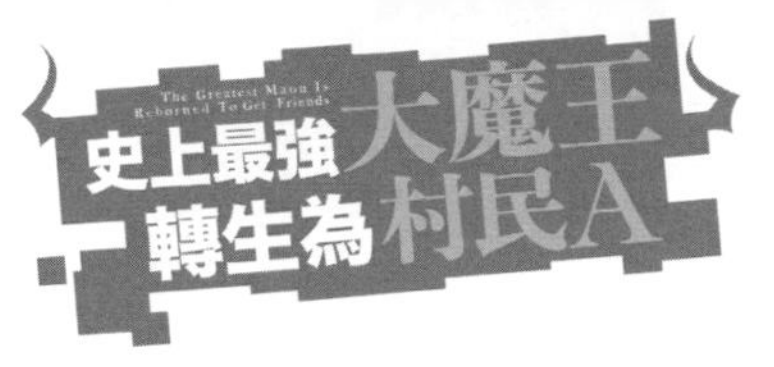

她們將她所說的一字一句都刻在記憶之中……最後，時刻終於來臨。

伊莉娜與吉妮，兩人的身體都完全化為粒子而消失。

最後的最後，莉迪亞露出滿面花朵綻放般的笑容說：

「妳們兩個，我們就此別過啦，回去以後也要過得好喔。別感冒了，要活得長壽啊。吃飯不要挑食，什麼都要吃。還有，這個……哈哈，我怎麼像個媽媽一樣啊。」

這就是伊莉娜與吉妮最後一次見到她的模樣。

她送出餞別的話語，天真地笑著。

但願——

哪怕只有這個世界。

哪怕只有這個世界的她。

也希望她最後，能夠露出像現在她們所看到的這種平靜笑容。

兩人由衷這麼盼望——

一切都很唐突，一切都在不知不覺間就結束了。

如果要形容整件事發展至今的軌跡，大概就會這麼說吧。

這趟時光旅行非常慌忙，最後我們回到了一開始的地方。

也就是全黑的空間。

我在這個只有一整片黑暗的空間裡，和伊莉娜與吉妮重逢了。

「嗚哇～～～～！亞德～～～～！我好想你～～～～！」

大概是我不在的時候，發生了很多事吧。伊莉娜眼淚流得像瀑布一樣，撲進我懷裡。

「啊啊！伊莉娜小姐，妳太狡猾了！至少留個地方給我撲…………啊啊真是的！妳這單細胞生物趕快放開！」

「妳這笨蛋少囉唆！現在的亞德是我一個人的亞德！妳去抱那邊那個自稱是神的人啦！」

伊莉娜用臉頰磨蹭我胸膛，同時伸手一指。

她所指之處，站著那個自稱是神的性向不明的小孩。

自稱神的人物以典型有氣無力的表情看著吉妮……

「如果不介意……跟我……」

以緩慢的動作，張開雙臂。

「不用了！我想撲進的只有亞德的懷裡！」

「啊……是嗎……」

自稱是神的人物也不顯得在意，把玩起自己的頭髮。

一邊把玩，一邊說：

「這次的事……雖然完全非正規……可是……戲劇化……不輸正規。對於完成任務的你們……我不由得……萬般感慨。」

「你的萬般感慨還真沒表情。」

「這樣一來……這次的戲碼……就宣告閉幕。然而……你們的舞台，並不是完全……結束。希望你們在原本的世界……再度……扮演好自己的角色。」

他剛說出這樣的話。

伊莉娜與吉妮身影就忽然消失。

「……我可以解釋成她們兩位已經回到原來的世界了嗎？」

「嗯。」

我對微微點頭的自稱神，問出新的問題。

「可以請教只留下我一個的理由嗎？」

「這次我交給你的……任務……很殘酷。對於這一點……我真的……很過意不去……所以，我安排了一點點……談話的機會。如果有事情想問……什麼問題……都可以問。」

自稱神的人物帶著有氣無力的表情，直視我的眼睛。

我就照這樣的他所說，問出了疑問。

「你們是什麼人？從迪薩斯特·羅格的發言聽來，可以知道你們不只單獨一個。另外，維達稱你們為高次元存在，但到頭來還是不知道任何細節。你們是什麼人，有什麼目的，以及……是站在我們這一邊，還是我們的敵人。請你回答。」

自稱是神的小孩仍然面無表情，淡淡地回答：

「沒有任何話語……可以表達……我們。如果想照維達所說的……稱我們為高次元存在……就儘管……這麼叫。覺得別的名稱好……那也……無妨。關於身分和目的……現在……我不能……揭曉。畢竟……我們像這樣和演員接觸的這件事本身……本來是違規的。這次的狀況，真的是例外。」

所謂不得要領，大概就是指這種情形吧。

「所以從結論說起，你是不打算回答我的問題了？」

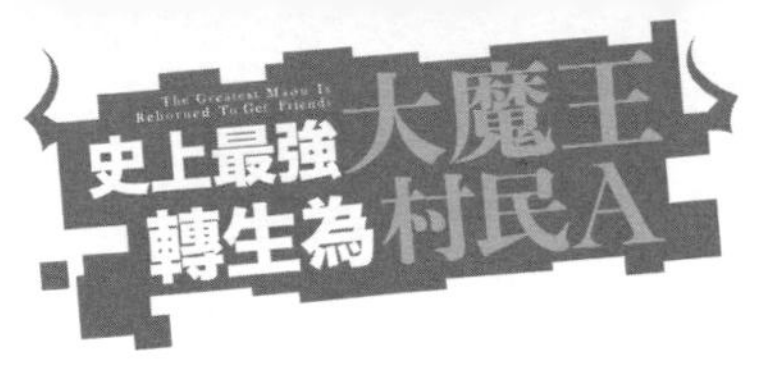

「從某種角度來看……也許是這樣。只是……只有這件事……希望你相信。至少……我是站在你們這一邊的，不管發生什麼樣的事情……甚至……哪怕你們被觀測者（觀眾）看膩了……還是只有我，會一直站在你們這一邊。因為我是……你們◇δ○φs■…………連這點小事都違規……是不是有點……太過分了？」

小孩瞇起眼睛，發牢騷似的喃喃自語。

到頭來，現階段多半無望得知這傢伙到底是何方神聖。

說我什麼都可以問，結果卻這樣？真是令人火大。

但像個小孩一樣跺腳也不是辦法。

這樣一來，我想的就只有一件事。

「我由衷祈求我們不會再有機會見面了。Mr.God。」

我說得諷刺，但對方顯得並不在意，只點了點頭。

然後……似乎總算輪到我了。

意識漸漸遠去。

總算回得去了嗎？

然而，我還得在這種精疲力盡的狀態下，撐過教育旅行。

真受不了。就在我獨自嘀咕的下一瞬間——

「我也……和你一樣。不想……再見到你。因為……如果下次……我……再見到你……

也就表示……」

自稱是神的小孩，在最後的最後……

「被觀測者（觀眾）拋棄的你們……將被筆記者（主宰）毀滅。」

對方留下這句實在太令人在意的發言。

就從我眼前消失了。

我很想回個幾句話……

但在開口之前，我的意識就徹底染成暗色。

…………………………

…………………

……聽得見說話的聲音。

那是已聽慣的聲音。

「喂。喂，亞德·梅堤歐爾，我們到啦。醒醒。」

是我老姊奧莉維亞說話的聲音。

聽見她的聲音，加上身體感受到搖動，讓我意識覺醒。

慢慢睜開眼睛一看……我的眼睛，看見馬車內的情形。

回到原本所在世界的感覺，湧上心頭。

不對……慢著。

那些會不會都只是我們搭馬車時所作的一場無聊的夢？

我才剛這麼想……

不經意看向旁邊，這個想法就被否定。

「起～床～啦～！起床啦！真是的，妳們兩個也睡得太香甜了！」

席爾菲正在叫醒伊莉娜與吉妮。

她們的頭上，莉迪亞所送的禮物發出耀眼的光芒。

還有另一件事。

「席爾菲同學，可以問妳一個沒禮貌的問題嗎？」

「怎樣啦！我現在正忙著叫醒她們兩個——」

「為了讓胸部肥大化而做的體操，妳還在繼續做嗎？」

「啥！那還用說！……等等，為什麼你知道這件事？」

只有那麼一點點，真的是在超微觀的層級上。

席爾菲的胸部，要說變大了點……似乎倒也不是沒有。

「怎、怎樣啦！不要盯著人家胸部看！你這變態！可、可是，如果你那麼想看……要、要我破例給你看也……」

「啊啊，不了，不用，因為我已經弄清楚了。而且我對妳的胸部沒有什麼興趣，還請放心。」

「啊哇哇！」

席爾菲莫名露出大受打擊似的表情。

……這是什麼呢？回來的這種感覺。

過了一會兒，伊莉娜與吉妮也都清醒過來。

「好啦，趕快下車。其他人都開始移動了。」

奧莉維亞一副拿我們沒轍的模樣，催我們下車。

我們乖乖離開了馬車車蓬——

前不久，我們還在這兒來來去去。

曾被稱為王都的古都……

我們踏上了現代的金士格瑞弗。

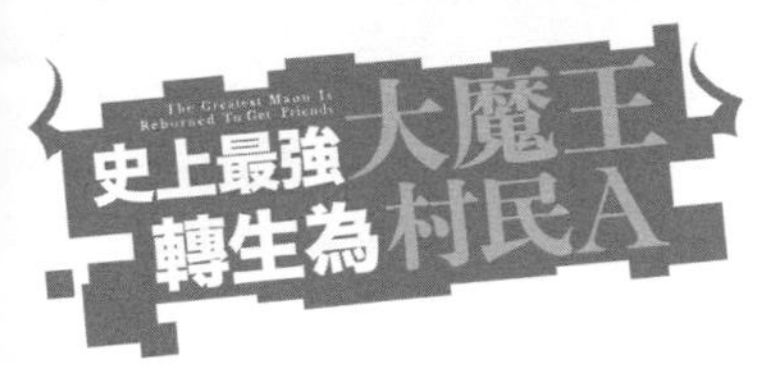

「從這個角度來看，也覺得回來了啊……」

我們的自言自語，並未被任何人聽見，消融在空氣中。

「好懷念喔！這裡沒什麼變化呢！不知道我的小弟強尼的店還開著嗎？」

「喂，不要擅自行動。要維持團體行動。」

席爾菲開心嬉戲，奧莉維亞出聲叮嚀。

兩人漸行漸遠……

「那麼，我們也走吧？」

我對伊莉娜與吉妮搭話。

兩人以開朗的表情點點頭，然而……

她們忽然露出像是想到了些什麼的表情。

「啊，對了。臨走的時候，莉迪亞大人請我們傳話給你。」

「……傳話……是嗎？」

「嗯，呃──」

伊莉娜說出了傳言。

由跟她很像的伊莉娜說出口，感覺就像聽她親口在說。

我拚了命才忍住眼淚。

「謝啦，很多事情都要謝謝你。」

「對於我……嗯，該怎麼說～本來應該是要叫你忘了我吧。」

「不好意思啊，我辦不到。被你忘記，我會寂寞得不得了。」

「所以，不要忘了我。可是……」

「你可別回頭看過去。雖然可能有點難，但活著就要往前看。」

「不管發生什麼事，不管在什麼時候——」

「我們都是好朋友。」

……………………

…………真是的，那個笨蛋。

到底打算擾亂我的心情到幾時。

「喂～～！你們拖拖拉拉什麼啦～～～～！小心被丟下啊～～～～！」

「好好好！我們馬上過去，妳等著！」

「這個時代的席爾菲小姐，也是不知道在活力充沛什麼呢。」

伊莉娜與吉妮也都苦笑著，走向並肩站著的席爾菲與奧莉維亞。

至於我……則咀嚼著莉迪亞的話。

「活著就要往前看……是嗎？還真像是她會說的話。」

我不由得莞爾。

然而……

「你……再次犯下了罪……！」

「不要忘了……！」

「你……再一次……親手殺了……莉迪亞……！」

迪薩斯特．羅格的詛咒於腦內甦醒。

……對，沒錯。我再次犯下了罪。

我殺了莉迪亞足足兩次。

這是得不到原諒的。哪怕她本人原諒我，我自己也不能原諒自己。

然而，即使是這樣——

「喂～～～亞～～德～～！」

「我們要走啦～～～！」

我仍活著。

要活下去。

在這個世界，和她們一起——

後記

從第二集繼續看到現在的各位讀者，好久不見。

從第三集開始看的新讀者，幸會，我是下等妙人。

話說各位喜歡電玩嗎？

我國中時代，每週都會買一款遊戲，很快破關，很快玩膩……一直重複這樣的過程，但上了高中後，就因為各式各樣的原因，讓我逐漸遠離遊戲。

這樣的情形到成年後仍然繼續……但到了最近，我的電玩狂熱又再度燃起。

而電玩對我而言，是一條避不開的路。

沒錯，就是脾氣。

我並不是脾氣暴躁，但似乎一牽扯到電玩就會克制不住……

我小時候，用很 Game 的 Boy 玩著一款水管工的遊戲時，一直玩不順利，發起脾氣，朝畫面來上一記頭錘，結果就是破壞了那台很貴的很 Game 的 Boy，被爸媽罵……記得有過這麼一回事。

有句話說「江山易改，本性難移」，跟電玩相關的脾氣，說什麼就是改不了。最近我又發了一次脾氣。由於接連發生很多實在很不順利的展開，讓我忍不住往遊戲手把一拳打了下去。

結果弄傷了手指。

可是，手把沒事。

總覺得在各種角度上，都是我輸了。

……最後是謝辭。責編大人，給您添麻煩已經成了日常，但還請不要放棄我。

水野老師這次也為本作提供了美妙的插畫。儘管我只告知了一些非常抽象的意象，但您仍然提供了超高水準的插畫，真的非常謝謝您。職業好手果然就是厲害。

最後，請讓我對拿起本書的各位讀者，致上無限的感謝。

且讓我祈禱我們還能在第四集再會，就此擱筆。

下等妙人

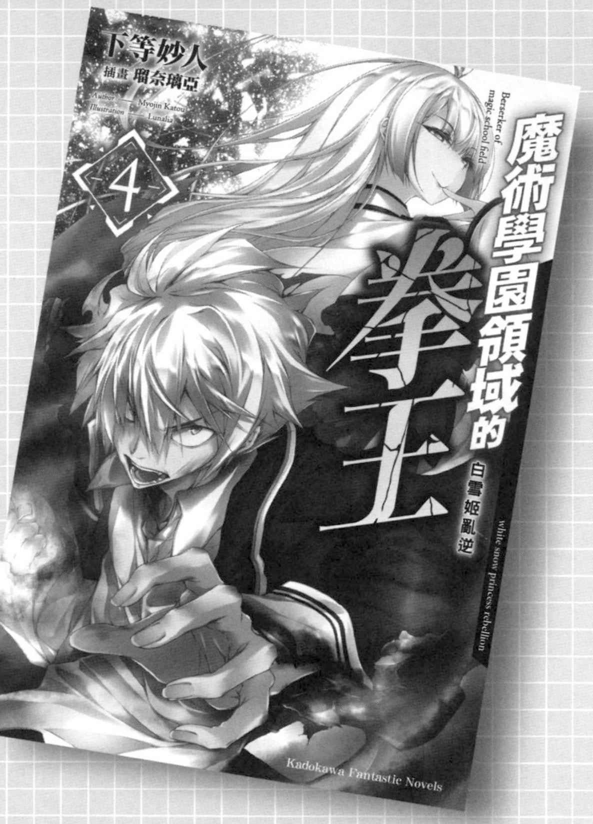

魔術學園領域的拳王 1~4（完）

作者：下等妙人　插畫：瑠奈璃亞

決定魔術師的頂尖地位，
無可匹敵的校園戰鬥劇終幕！

柴闇確定能以團體資格參加全領戰後，揚言要參加接續而來的個人戰，沒想到他卻忽然被師父焰逐出師門。雖然柴闇獲得了大幅度的成長，但再繼續下去，也只不過是「黑鋼」的劣質山寨品。走投無路的柴闇在焰不知情的狀況下，借助了仇敵的力量……

各 **NT$220~240/HK$73~80**

魔王學院的不適任者~史上最強的魔王始祖，轉生就讀子孫們的學校~ 1~4〈上〉待續

作者：秋　插畫：しずまよしのり

為了將連神也能毀滅的阿諾斯從這個世界上消滅掉，神話的戰爭如今再度揭開序幕！

阿諾斯阻止虛假的魔王所策劃的魔族與人類之間的戰爭後，魔王學院出現了一名新任教師。他的真實身分正是自兩千年前的神話時代就與阿諾斯敵對的一柱神族——天父神諾司加里亞！暴虐魔王將一切不講理的事物粉碎掉的痛快小說——第四章〈大精靈篇〉！

各 **NT$250~260/HK$83~87**

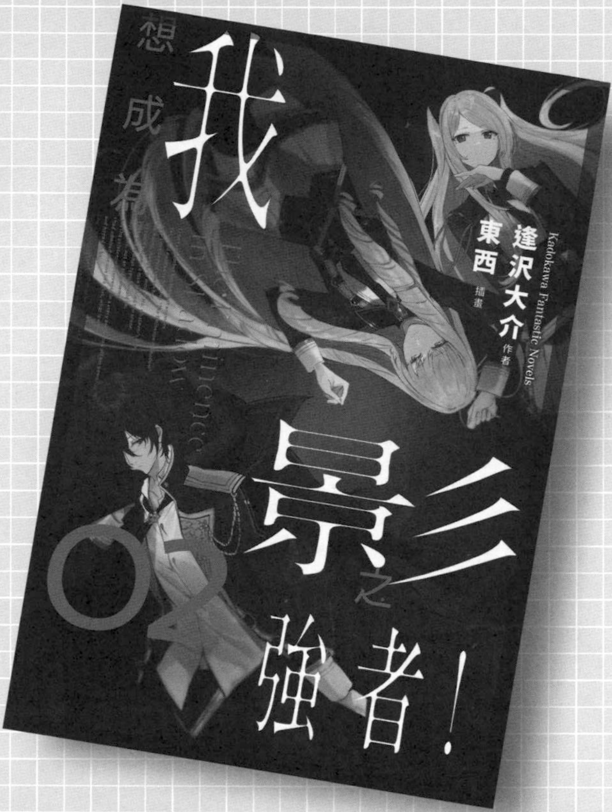

我想成為影之強者！ 1~2 待續

作者：逢沢大介　插畫：東西

種種陰謀算計接踵而來，
席德今晚也以「影子強者」為目標向前爆衝！

在阿爾法的邀請下，席德造訪了「聖地林德布爾姆」，參加在那裡舉辦的「女神的考驗」。出現在他眼前的，是傳說過去曾為這個世界帶來混亂和破壞的「災厄魔女歐蘿拉」──通往「聖域」的大門，像是在呼應席德和歐蘿拉這兩名強者的靈魂而敞開……

各 **NT$260/HK$87**

關於我轉生變成史萊姆這檔事
13.5
Regarding Reincarnated to Slime
官方資料設定集
編輯／GCノベルズ編輯部
Kadokawa Fantastic Novels

國家圖書館出版品預行編目資料

史上最強大魔王轉生為村民A. 3, 大英雄的悲歌 / 下等妙人作 ; 邱鍾仁譯. -- 初版. -- 臺北市 : 臺灣角川, 2020.09

面 ; 公分. -- (Kadokawa fantastic novels)

譯自 : 史上最強の大魔王、村人Aに転生する. 3, 大英雄のカタストロフィ

ISBN 978-957-743-967-3(平裝)

861.57 109010209

Kadokawa
Fantastic
Novels

史上最強大魔王轉生為村民A 3

大英雄的悲歌

（原著名：史上最強の大魔王、村人Aに転生する３大英雄のカタストロフィ）

2020年9月21日　初版第1刷發行

作　者：下等妙人
插　畫：水野早桜
譯　者：邱鍾仁

發行人：岩崎剛人
總編輯：蔡佩芬
編　輯：黃怡珮
設計指導：陳晞叡
印　務：李明修（主任）、張加恩（主任）、張凱棋

發行所：台灣角川股份有限公司
地　址：105台北市光復北路11巷44號5樓
電　話：（02）2747-2433
傳　真：（02）2747-2558
網　址：http://www.kadokawa.com.tw
劃撥帳戶：台灣角川股份有限公司
劃撥帳號：19487412
法律顧問：有澤法律事務所
製　版：尚騰印刷事業有限公司
ＩＳＢＮ：978-957-743-967-3